DINO CHEVALIERS

PANTERRA
PASSAGE SECRET DU
PRINCE PATTICK
LE DÉSERT
IMPÉNÉTRABLE
Royaume
de Volcanica
ROYAUME
DES ÉTATS DU MARAIS
Château
de Neville
Avingdon
Grotte
de Salterius
CHAMPS
DE BRECKLAN
Village
de
Brecklan
Les territoires
du Nord
MER
DE BRECKLAN
Manoir
Harding
Les rivages
inconnus
Terrain
de tournoi
L'île
de la
Discorde
FORÊT NOIRE
Domaine d'Allia
L'OCÉAN MYSTÉRIEUX

Titre original :
Dino Knights
(Première publication : Awesome Media and Entertainment Ldt, 2019)
Publié en accord avec Awesome Media and Entertainment
Hove, BN3 3YP

22 rue Huyghens, 75014 Paris
www.albin-michel.fr

JEFF NORTON
Illustrations de Guillaume Cribeillet

DINO CHEVALIERS

Invasion dans les Hautes Terres

Traduit de l'anglais (Royaume-Uni)
par Justine Richard

ALBIN MICHEL JEUNESSE

Pour Clara.

Chapitre un

Henry Fairchild menait son dinosaure à travers le brouillard.

La brume matinale ne s'était pas encore levée : un nuage bas semblait peser sur le sol et envelopper Brecklan. Son fidèle tyrannosaure rex était impatient de galoper, mais Henry le retenait docilement par les rênes : la brume épaisse altérait sa vision et il ne voulait pas que Rex piétine quelqu'un.

Henry et Rex étaient de garde, aux portes de Brecklan. Jusqu'ici, la matinée avait été calme : ils n'avaient croisé personne à part un garçon en balade avec son dinosaure. Henry gardait tout de même son épée dans le dos, prêt à affronter n'importe quoi ou n'importe qui.

Ils avançaient tranquillement – autant que le pouvait un T-rex – vers les champs. Le soleil chassait peu à peu le brouillard, et Henry aperçut plusieurs centaines d'habitants de Brecklan qui travaillaient dur à la récolte.

– La récolte de cette année a l'air exceptionnelle, dit Henry.

Rex répondit par un ronronnement : lui aussi était heureux, Henry le savait.

Chaque année à cette époque, le village se levait à l'aube afin de récolter les baies de

Brecklan, sa culture la plus précieuse. Les baies ne poussaient nulle part ailleurs, car leur croissance dépendait d'une température précise.

Le maître de la récolte avait soufflé dans le cor au petit matin et tous les villageois, consciencieux, s'étaient précipités dans les champs. La récolte devait être faite en un seul jour. Henry, aussi loin qu'il se souvienne, y avait toujours participé.

Grâce aux baies de Brecklan, les paysans pouvaient dompter et dresser les dinosaures : leur valeur était telle que Henry et les autres Dinochevaliers devaient s'assurer qu'aucun voleur ou aucun envahisseur ne s'en empare. Une récolte entière de baies de Brecklan bien mûres valait le poids d'un brontosaure en or. Henry savait que les habitants de Brecklan pourraient vivre une année de plus en paix avec les dinosaures, et que le village prospérerait en échangeant les baies avec ses voisins.

Au même moment, l'année précédente, Henry s'était réveillé dans les écuries et avait couru aux champs pour récolter un maximum de grosses baies violettes. Cette année, il trônait fièrement sur un T-rex pour veiller aux travaux des champs – non pas en tant que simple garçon d'écurie, mais en tant que Dinochevalier – et il trouvait cela incroyable. En un an, beaucoup de choses avaient changé pour lui !

Content de voir que les paysans étaient en sécurité, Henry fit faire demi-tour à Rex pour retourner au manoir Harding et rejoindre ses coéquipiers.

Chapitre un

Le brouillard se dissipant, Henry relâcha les rênes et laissa Rex accélérer. Celui-ci le remercia avec un rugissement et se mit au galop. Tout en ballottant Henry dans tous les sens, il le rapprochait de ses amis. Le soleil du matin commença à lui chauffer la nuque et termina de chasser la brume, laissant apparaître l'énorme demeure de Lord Harding et, juste derrière, les écuries.

Henry avait toujours du mal à croire qu'il habitait dans le manoir. Alors qu'il avait vécu toute son enfance dans les écuries juste au-dessus des animaux, il dormait à présent dans une grande chambre du manoir qui n'appartenait qu'à lui. Être un Dinochevalier avait du bon.

Soudain, une énorme explosion retentit.

BOUM !

– Nom d'un hylaeosaure, qu'est-ce que c'était ?

Henry enfonça ses talons dans les flancs de Rex. Aussitôt, il doubla sa vitesse et Henry le guida vers une colonne de fumée qui s'élevait à l'arrière des écuries. Les dinosaures de Harding étaient-ils en danger ? Henry ne le permettrait pas ! Il devait la vie à Lord Harding et lui et les Dinochevaliers avaient juré de le protéger et de le servir.

Rex déboula sur la pelouse par le grand portail et continua au galop, balançant des mottes de terre dans les airs avec ses griffes. Henry sortit son épée et la brandit devant lui ; son bras fort était inébranlable. Des mois d'entraînement avec les chevaliers avaient sculpté son corps.

Ils firent une embardée pour éviter la structure en bois de l'écurie, soulevant un nuage de poussière.

– Halte-là ! Posez vos armes ! cria Henry.

Lord Harding lui avait appris à être poli et à prévenir ses ennemis avant de leur trancher la gorge.

Mais quand la poussière fut retombée, Henry baissa son arme. Rex freina juste à temps pour ne pas s'écraser contre un laboratoire extérieur plein de tuyaux et d'éprouvettes en verre. Il y avait un trou fumant dans le sol, à côté de ce qui semblait être un énorme tas de crottin de dinosaure.

Une fille aux cheveux noirs et courts se tenait juste derrière, accompagnée de Conker, son ankylosaure.

– Ysée ! Que fais-tu ? s'étonna Henry en reprenant son souffle.

Mauvaise idée ! La puanteur le prit à la gorge immédiatement.

– Qu'est-ce que c'est que cette odeur ?

Il essuya les larmes qui coulaient sur ses joues. Même Rex tremblait, réprimant des haut-le-cœur.

Henry sauta de son dinosaure et lui donna une petite tape, pour l'autoriser à reculer de quelques pas. Le tyrannosaure grogna de gratitude.

– Henry ! s'exclama Ysée en enlevant son masque en cuir.

Des trous dans le masque laissaient passer l'air et l'intérieur était couvert de plumes moelleuses – des plumes d'ornithomimus peut-être ?

Ysée se mit à rire quand elle vit les yeux pleins de larmes d'Henry.

– Il t'en faut un comme ça ! dit-elle en agitant le masque. Ça bloque les odeurs.

Heureusement, les dernières vapeurs étaient en train de disparaître. Mais pas assez rapidement au goût d'Henry.

– Que fais-tu ? demanda-t-il. J'ai cru qu'il y avait une attaque contre le manoir.

Il observa la table : à l'autre bout, du côté de l'ankylosaure, se trouvait le tas de crottin fumant. Henry aurait juré que Conker avait l'air fier de lui – il devinait l'origine du crottin frais.

Un ensemble de tubes et d'alambics en verre étaient suspendus au-dessus de la table, chauffés par des bougies dégoulinantes. Une potion à base de crottin de dinosaure bouillonnait en passant dans les tubes et atterrissait avec un *ploc* dans une énorme cuve. À côté, il y avait un tonneau à moitié vide avec la mention *Vinaigre* sur le côté.

Henry secoua la tête.

– Serais-tu en train de jouer avec du crottin de dinosaure ?

– Pas tout à fait, répondit Ysée. Je fais d'importantes expériences. *Avec* du crottin de dinosaure.

Ysée était la scientifique des Dinochevaliers, mais Henry n'avait jamais vu une expérience pareille, et il espérait ne plus jamais en voir, ni en sentir l'odeur.

Ysée attrapa une louche en bois et remua la cuve de vinaigre chaud mélangé au crottin de dinosaure, ce qui fit mousser la potion et remonter des bulles d'air qui éclataient en atteignant la surface. Une nouvelle bouffée puante atteignit les narines d'Henry et il fut pris de nausée. Il regarda autour de lui à la recherche de buissons derrière lesquels courir s'il craquait, et il déglutit fermement pour ne pas vomir.

– Oups !

Ysée remit rapidement son masque. Sa voix était étouffée quand elle parla :

– Ché de la dina-mico-faur.

– Quoi ?

– Dina-milo-taure.

– QUOI ?

Elle soupira et releva son masque.

– De la dynamitosaure ! Faite à partir de crottin de dinosaure fermenté. Quand ça explose, ça peut souffler les tourelles

d'un château. Ce sera l'arme secrète des Dinochevaliers !

Elle remit son masque et continua de remuer.

– Je ne sais pas si c'est utile de garder le secret, commenta Henry en secouant la tête. Je ne pense pas que nos ennemis *voudront* cette arme.

– On ne peut jamais savoir quand on aura envie de faire exploser quelque chose, répliqua-t-elle sans lever la tête – avec précaution, elle ajoutait du vinaigre à la mixture.

Henry s'éloigna et remonta sur Rex.

– Bonne chance avec le crottin explosif, lança-t-il en tirant sur les rênes pour écarter Rex des expériences nauséabondes.

Ils dépassèrent les écuries et trottèrent en direction d'autres champs. Des villageois travaillaient en rang, ils se déplaçaient entre les buissons pour ramasser les baies mûres qu'ils balançaient par-dessus leurs épaules, dans le panier en osier attaché à leur dos.

À un bout du champ, Billy, le Gardien des baies, pesait les paniers et écrivait dans un grand livre. Sa plume tremblait quand il griffonnait. Pas un panier de baies n'était récolté sans que Billy le note.

Henry remarqua un jeune villageois de Brecklan aux poches arrière bien remplies. Il s'éclaircit la gorge pour attirer son attention.

– N'oublie pas de donner ces baies supplémentaires à Billy, prévint Henry en retenant un rire.

– Ah oui… Bien sûr, dit le garçon en comprenant qu'il avait été pris la main dans le sac.

Ils échangèrent un regard entendu et Henry l'observa tandis qu'il sortait les baies de ses poches pour les mettre sur le tas que Billy allait peser.

Henry vit alors ses amis faire le tour du champ avec leurs dinosaures, leurs armures étincelant au soleil. Lui-même arborait une armure de seconde main, mais il n'était pas peu fier de la porter au nom des Dino-chevaliers.

Henry conduisit Rex auprès d'un jeune homme plus âgé que lui, paré de vêtements aux couleurs vives qui flottaient sous son armure argentée. Dans la lumière du matin, ses cheveux dorés formaient un halo autour de son visage, mais Henry savait que ce n'était pas un ange. À l'approche de Rex, Gaston se retourna et fit immédiatement la moue.

– Tu es en retard, ramasse-crotte, se moqua-t-il.

Gaston ne perdait pas une occasion de rappeler à Henry d'où il venait.

– Je suis allé voir d'où venait cette explosion, expliqua Henry avec patience. C'était Ysée qui faisait une nouvelle expérience. Est-ce que tu l'as entendue ?

– Évidemment, dit Gaston. Un vrai Dinochevalier sait faire la différence entre une attaque et une expérience. Peut-être que tu devrais retourner à tes écuries.

Pourquoi Gaston était-il toujours aussi agressif ? Henry avait été intégré aux Dinochevaliers par Lord Harding en personne. Il avait montré qu'il méritait sa place en contrecarrant l'assaut de Neville Avingdon. N'avait-il pas fait ses preuves ?

Gaston fit demi-tour avec son ornithomimus et continua le tour du champ. Henry secoua la tête en regardant s'éloigner ce Dinochevalier si hautain. Un doute s'insinua en lui et le fit frissonner dans son armure. Gaston essayait-il d'expulser Henry des Dinochevaliers ?

Un autre chevalier s'approcha : sa touffe de cheveux roux et bouclés dépassait sous son casque.

C'était Ellie.

– Ne fais pas attention à ce qu'il dit, mon gars, lança-t-elle avec son fort accent des Hautes Terres.

Henry se reprit.

– Ça se voit tant que ça ?

– Oh oui, répondit-elle. Gaston cherche à frapper là où ça fait mal.

Henry soupira.

– Il était énervé que je sois en retard. Mais je ne peux pas m'empêcher de penser qu'il ne me croit pas digne d'être Dinochevalier.

Ellie tendit la main au-dessus de son styracosaure, Kayla, et posa sa main sur le bras d'Henry.

– Eh bien, tu es là, maintenant. L'important, c'est que toi, tu saches que tu en es digne.

– J'imagine, murmura Henry, peu convaincu.

– Allez, viens, on va aller jeter un œil au périmètre nord-est. Peut-être que quelqu'un est en train d'essayer de s'introduire à Brecklan et qu'il faut lui faire la peau.

Parfois, Henry s'inquiétait beaucoup du fort penchant d'Ellie pour les combats.

Chapitre un

Ils avancèrent ensemble vers les contreforts, au rythme lent et régulier des pas de leurs dinosaures. Henry parla à Ellie de la dynamitosaure d'Ysée. Elle se mit à rire.

– J'aime Ysée comme une sœur, mais parfois ses expériences sont complètement folles.

– Eh bien, « on ne peut jamais savoir quand on aura envie de faire exploser quelque chose », dit-il en souriant, citant Ysée.

– Ça oui. C'est bien vrai.

Henry parcourut du regard la cime des arbres, au-delà du champ, guettant un mouvement qui révélerait la présence d'un voleur ou d'un intrus.

Soudain, Rex trébucha sur une souche et chancela sur sa gauche.

– Attention ! cria Henry en s'accrochant au cou écailleux du dinosaure.

Mais tandis que Rex retrouvait l'équilibre, Henry vit quelque chose à la limite des arbres. Cela ressemblait au reflet d'une épée ou à l'éclat d'une armure.

– Dinochevaliers, rassemblement !

Il n'hésita pas à faire appel à eux – c'est ce qu'il avait appris de ses entraînements.

Quelques instants plus tard, Torin et Gaston arrivaient au galop sur leur dinosaure.

– Montrez-vous ! clama Gaston, debout sur ses étriers.

Ysée les rejoignit et les Dinochevaliers se mirent en position. Un bruissement leur parvint de la forêt.

Henry brandit son épée, prêt à se battre.

DANS LE CHAPITRE PRÉCÉDENT

C'est le jour de la récolte des baies de Brecklan et les Dinochevaliers sont sur le qui-vive. Henry surprend Ysée en train de confectionner de la dynamitosaure à partir de crottin de dinosaure fermenté. En rejoignant ses coéquipiers, Henry aperçoit des ombres dans les arbres. Ils se précipitent alors vers la forêt, prêts à défendre leur contrée.

Chapitre deux

Une tête apparut entre les arbres. Puis une autre, et encore une autre.

– Nom d'un hylaeosaure, souffla Torin, assis sur Haringey, son nothronychus.

Le dinosaure se mit sur ses pattes arrière pour que son maître ait une meilleure vue.

– Montrez-vous, et armes à terre ! cria le chef des Dinochevaliers.

Henry attendit que leurs ennemis sortent de la forêt.

Il vit alors de petites silhouettes apparaître les unes après les autres. Ce n'était pas des ennemis – c'était des enfants !

Ceux-ci portaient des jupes en laine rapiécées, d'épaisses chaussettes à leurs chevilles et des bottes tellement couvertes de boue qu'elles semblaient avoir parcouru des kilomètres.

Un des enfants s'avança, les mains en l'air.

– Ne nous faites pas de mal, coassa-t-il.

– Nous aurions pu vous tuer ! s'exclama Gaston, le visage rouge de rage malgré la petite taille du garçon. Vous ne devriez pas être ici ! Est-ce que vous savez ce qui arrive à ceux qui s'introduisent sur le territoire de Brecklan ? On les enferme dans le donjon ! conclut-il en pointant le bout de son épée vers les remparts du manoir.

– Nous n'enfermerons personne dans le donjon aujourd'hui ! fit une voix de l'autre côté de la pelouse.

Henry se retourna et vit Lord Harding et Lady Anwyn arriver sur deux parasaurolophus. Malgré le voile de soie qui couvrait le visage de Lady Anwyn, il était évident qu'elle regardait Gaston avec fureur.

– Reculez ! ordonna Lord Harding.

Les enfants commencèrent à se diriger vers la forêt.

– Non, pas *vous*, petits.

Lady Anwyn descendit avec grâce de son dinosaure et s'approcha des enfants. Elle tendit le bras au plus âgé et ils se serrèrent la main.

– Vous êtes tout à fait bienvenus à Brecklan, chers enfants, déclara-t-elle, enlevant son voile pour que le garçon voie son sourire. Y a-t-il des adultes avec vous ?

Le garçon fit non de la tête.

– Vous êtes courageux de vous aventurer par ici sans adultes ni dinosaures, dit-elle. Qu'est-ce qui vous amène à Brecklan ?

Le garçon ouvrit la bouche puis la ferma, comme s'il avait du mal à trouver les bons mots. Henry eut une vague de sympathie pour lui – il comprenait ce que devait ressentir ce garçon.

Il devait se sentir *étranger.*

Ellie sauta de Kayla et enleva son casque, laissant ses boucles rousses entourer son visage pâle et couvert de taches de rousseur.

– Caden, c'est bien toi ?

Le garçon courut vers elle et lui tomba dans les bras.

– Ellie !

Elle le serra très fort malgré son armure, et ils se mirent à rire quand Kayla fourra son nez entre eux, jalouse d'être laissée pour compte.

– Vous vous connaissez ? s'étonna Henry.

– Bien sûr, dit Ellie. Caden est mon cousin.

Lord Harding s'avança.

– La famille est toujours bienvenue, Ellie.

Il fit une pause pour regarder les autres enfants, et une ride apparut entre ses sourcils froncés. Ils devaient être au moins une douzaine à être sortis de la forêt.

– Mais pourquoi êtes-vous venus à Brecklan ? Et où sont les adultes ?

Caden déglutit et frissonna.

– Tout va bien, cousin, le rassura Ellie en lui prenant la main. Ce sont mes amis.

Caden fit signe aux autres enfants de s'approcher et il prit la parole :

– Tout est arrivé si vite. Ils sont sortis des ténèbres, sans prévenir. Ils ont envahi notre village, détruit nos maisons. (Sa voix prenait de l'assurance.) Tout a été rasé. Nos parents et nos amis… ont été enlevés.

Il fixait le sol comme s'il se concentrait fort pour ne pas pleurer. Le T-rex d'Henry émit un grondement sourd pour montrer sa sympathie.

– Vous ne vous êtes pas défendus ? interrogea Gaston en crispant la main autour de la garde de son épée. Moi à votre place, j'aurais…

Harding le fit taire d'un regard sévère.

Caden observa Ellie du coin de l'œil, et elle hocha la tête pour l'encourager à continuer.

Était-ce donc ça, avoir une famille ? se demanda Henry. Être soutenu par quelqu'un ?

– M'man m'a caché dans le grenier à sel et m'a dit d'y rester jusqu'à ce qu'il n'y ait plus de danger à l'extérieur. Je ne sais pas combien de temps je suis resté dedans, mais au bout d'un moment, le village est devenu silencieux, et je suis sorti de ma cachette. J'ai trouvé d'autres enfants et je me suis souvenu des histoires.

– Quelles histoires ?

– Celles sur cousine Ellie, bien sûr.

Il regarda Ellie avec fierté et tendresse.

– Celles qui racontent qu'elle est descendue de la montagne pour rejoindre Brecklan et qu'elle est devenue une courageuse héroïne. J'ai donc décidé d'emmener les enfants ici, en bas de la montagne, pour te retrouver.

Torin s'agenouilla au niveau de Caden et posa une main sur son épaule, pour essayer de le rassurer.

– Tu as été très courageux, Caden. Mais, dis-moi, sais-tu qui a attaqué les tiens ?

– Ils portaient tous des masques, répondit Caden en secouant la tête.

Henry repensa au masque en cuir d'Ysée.

– À quoi ressemblaient ces masques ?

Caden frissonna, comme si le souvenir était douloureux.

– Ils avaient une rangée de dents comme des crocs, fixée à une sorte de peau d'animal.

Ils portaient chacun un symbole sur le front, tracé avec de la cendre. On aurait dit…

Il leva les yeux et montra le ciel.

– … un oiseau.

Tout le monde suivit son regard. Haut dans le ciel, un aigle planait dans le vent.

– L'aigle de Pattick, grogna Torin. Ce doit être l'œuvre du prince Pattick.

– J'ai bien peur que vous ayez raison, dit Lord Harding.

Henry se sentait perdu. Il avait déjà affronté un des ennemis de Brecklan, Sir Neville Avingdon, mais il ne savait pas qui était Pattick, ni pourquoi il était craint de son maître.

***

Chapitre deux

Les Dinochevaliers reçurent l'ordre de monter un campement, et installèrent des tentes en cercle autour du manoir Harding pour le protéger. Si un groupe d'attaquants masqués s'en était pris aux habitants des Hautes Terres, le manoir pouvait être le prochain sur la liste. Les Dinochevaliers monteraient la garde pendant la nuit. Attachés au sommet de chaque tente, des drapeaux flottaient au vent, arborant les armoiries de Brecklan : un blason tenu en l'air par deux raptors.

On entendit la voix de l'intendant qui criait depuis le grand escalier de l'entrée :

– Le dîner est servi !

Henry ferma le rabat de sa tente et laissa Rex veiller sur les alentours. *Un chevalier ne peut pas se défendre sans un bon souper,* se dit-il. Il suivit les autres Dinochevaliers dans la salle de bal du manoir, transformée pour l'occasion en salle à manger. Des douzaines de chandeliers éclairaient l'espace gigantesque et faisaient danser des ombres sur les grandes peintures qui décoraient les murs. Elles représentaient toutes de braves habitants de Brecklan combattant à dos de dinosaures.

Lord Harding et Lady Anwyn étaient assis au bout d'une longue table en bois chargée d'assiettes de ragoût fumant et de panières remplies de pain frais. C'était un repas simple, mais Lady Anwyn avait pensé que cela plairait aux enfants des Hautes Terres : ignorant les couverts, ils rompaient des morceaux de pain avec enthousiasme et utilisaient la croûte comme cuillère pour manger le ragoût. La maîtresse des lieux avait eu raison, comme toujours.

Lord Harding regardait autour de lui, absorbé par sa conversation avec Torin. Il secoua la tête, les mains jointes.

– Si cela est vrai, si le prince Pattick est *effectivement* à l'origine de l'attaque, cela signifie que son père, le roi Rannick, est absent... ou mort. Je le connais, c'est un homme d'honneur et il n'aurait jamais autorisé une agression aussi infâme.

– Mais pourquoi son fils ferait-il une chose pareille ? demanda Henry.

Quelqu'un avait fomenté cette attaque – quelqu'un d'assez malin pour dissimuler son armée derrière des masques.

– C'est la question qu'il faut se poser, Henry, dit Harding.

Gaston lui jeta un regard mauvais.

Lord Harding émit un long et profond soupir.

– Malheureusement, j'ai rencontré le prince Pattick. C'est un garçon très ambitieux – suffisamment pour défier son père et risquer de briser la paix que nous avons négociée il y a bien longtemps. Je l'ai déjà vu mettre en jeu la vie de son roi pour gagner une joute. Rien n'arrêtera sa soif de pouvoir.

– Même si ça signifie envahir de paisibles villages, intervint Ellie, indignée.

– Mais, quel est son plan ? demanda Ysée.

Lord Harding serra les poings.

– Si son père ne le surveille pas, il pourrait avoir Brecklan en ligne de mire. D'abord, les habitants des Hautes Terres, ensuite leurs voisins les plus proches.

Il jeta un coup d'œil autour de la table.

– *Nous.*

Avant qu'aucun chevalier n'ait pu réagir, Lady Anwyn s'éclaircit la gorge et fit un signe de tête à une ombre derrière Ellie. La silhouette entra dans la lumière projetée par les chandeliers – c'était son cousin, Caden. Ellie lui tendit la main et il se hissa sur le banc à côté d'elle. Il se tourna vers Lord Harding.

– S'il vous plaît, monseigneur, commença-t-il le visage blême d'angoisse. S'il vous plaît, pouvez-vous envoyer les Dinochevaliers dans les Hautes Terres ? Les attaquants ont kidnappé nos parents. Il faut aller les sauver !

À ce dernier mot, sa voix se brisa et il fondit en sanglots.

Lord Harding fronça encore plus les sourcils.

–J'ai peur que ce ne soit pas possible, Caden, dit-il doucement. Les Dinochevaliers protègent, ils n'attaquent pas. Leur place est ici, à défendre Brecklan contre ce qui pourrait arriver.

Henry vit Caden baisser les yeux, désespéré.

– Je sais que cela semble cruel, continua Harding, mais si je disperse les Dinochevaliers dans les Hautes Terres, nous risquons de subir le même sort que les tiens.

Henry sentit son estomac se nouer. Ce n'était pas juste. Henry observa ses coéquipiers, pour voir si d'autres pensaient comme lui, mais les Dinochevaliers fixaient la table. *Lâches*, pensa Henry. Pour la première fois, il se mit à douter des Dinochevaliers.

Henry se racla la gorge.

– Mais, Lord Harding, nous devrions aider les innocents et nous battre contre le prince Pattick…

– Non, le coupa Torin. Nous *devrions* suivre les ordres de notre maître.

Il fixait Henry, le foudroyant du regard.

Henry savait qu'il ne fallait pas dire un mot de plus. Autour de la table, on n'entendait plus que les pleurs silencieux de Caden. Henry regarda Ellie le prendre dans ses bras pour le réconforter.

Ça ne suffit pas, songea-t-il. *Nous pourrions faire bien plus ! Pourquoi tous ces entraînements s'ils se bornent à protéger leur propre royaume ? Pourquoi ne pas aider aussi les autres ?*

– Finis ton assiette, le pressa Lady Anwyn.

– Je n'ai plus faim.

Henry lâcha sa cuillère avec fracas dans son bol en bois avant de se lever.

– Je vais monter la garde. Puisqu'on me l'a ordonné.

DANS LE CHAPITRE PRÉCÉDENT

Les étrangers sont des enfants ! Parmi eux se trouve Caden, le cousin d'Ellie. Il leur apprend que les Hautes Terres ont été attaquées par le terrible prince Pattick. Il demande de l'aide à Lord Harding mais ce dernier refuse : les Dinochevaliers ne peuvent s'éloigner de Brecklan. Henry, furieux, quitte le banquet.

Chapitre trois

Henry s'assit sur un tronc près de sa tente et laissa le feu de camp réchauffer ses mains.

Il contempla les braises : comme elles, sa colère était ardente. Alors qu'il avait l'habitude de se percevoir comme un chevalier courageux, il se sentait soudain comme un enfant impuissant.

– Ce n'est pas juste, dit une voix avec un fort accent des Hautes Terres.

Henry se retourna et vit Ellie s'approcher. Elle s'assit à côté de lui et secoua la tête.

– Comment va Caden ? demanda Henry.

– Il s'est écroulé dans son lit et a pleuré jusqu'à ce que le sommeil le gagne, répondit-elle. Les autres dorment aussi, épuisés par leur calvaire.

Henry savait qu'il était difficile de se déplacer sur les terres du royaume. Il en avait fait l'expérience en traversant des marais et des forêts.

Les autres Dinochevaliers les rejoignirent autour du feu de camp pour se réchauffer. La nuit allait être longue.

– On ne peut vraiment rien faire ? commença Henry en regardant les autres avec espoir.

– Je sais que tu es déçu, dit Torin.

– Déçu par Lord Harding, précisa Henry.

– Caden est désespéré, cria Ellie. C'est ma *famille* !

– Mais Lord Harding est ton maître, fit observer Gaston. Et tu es une Dinochevalière qui a prêté allégeance, à lui ainsi qu'à Brecklan.

– Comme nous tous, ajouta Torin, rappelant au groupe où se trouvait sa loyauté.

– Les ordres sont les ordres, dit doucement Ysée. Je suis désolée, Ellie.

– Nous sommes tous désolés, renchérit Torin. Mais à présent, nous devons protéger Brecklan d'une possible invasion. Maintenant, chacun à son poste. Et restez sur vos gardes.

Un par un, les Dinochevaliers retournèrent à leur poste.

Tous, sauf Ellie.

Après un long moment de silence, elle jeta une nouvelle bûche dans le feu, envoyant danser des étincelles dans le ciel nocturne. Derrière, Henry pouvait tout juste distinguer les montagnes des Hautes Terres. Elles se détachaient du ciel étoilé, comme si elles encourageaient Henry à agir. Ellie suivit son regard, levant les yeux vers sa terre natale.

Finalement, Henry prit la parole :

– Tu sais, je suis honoré de faire partie des Dinochevaliers – vraiment. Mais si j'avais une famille, une vraie famille, qui avait besoin de mon aide, eh bien, rien ne m'arrêterait.

– Tu as raison, Henry, dit Ellie. Je ne dois pas laisser des ordres m'empêcher de secourir mes proches.

– Et un ami pourrait t'aider ?

– Je ne te demanderai pas de m'accompagner.

– Ce ne sera pas nécessaire, dit Henry. Départ au lever du soleil ?

Ellie acquiesça lentement.

– Je vais réveiller Caden pour lui faire part de notre plan.

Pour la première fois, Henry perçut une lueur d'espoir dans sa voix. Elle s'éclipsa dans la nuit pour parler au garçon dont la vie et le foyer avaient été saccagés par des inconnus masqués.

C'était un risque à prendre. Henry n'avait encore jamais défié ni Lord Harding ni les Dinochevaliers. Mais certaines choses valaient qu'on se batte pour elles. Henry n'avait pas de famille, mais s'il se trouvait un jour à la place de Caden, il aimerait que quelqu'un décide de se battre pour les siens.

***

Dans sa tente, Henry se retourna sur son matelas de paille. Il se leva et vit la faible lumière de l'aube qui pointait à travers la toile. Deux visages apparurent au-dessus de lui : un homme et une femme.

– Henry, coassa l'homme avec une étrange voix basse, nous avons besoin de ton aide.

Son visage était beau, avec des mèches de cheveux blonds qui bouclaient sur son front – comme ceux d'Henry. Le jeune homme avait l'impression de voir son reflet, mais en plus vieux.

– Père ? chuchota Henry.

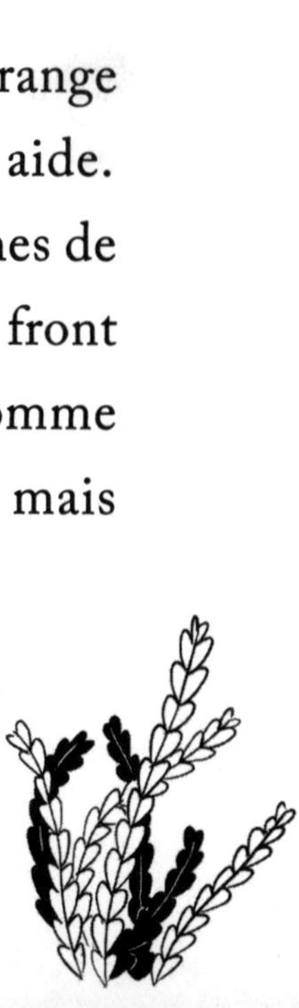

L'homme acquiesça et tendit la main pour écarter une mèche sur le front d'Henry. Mais ce n'était pas une main, c'était une griffe !

Le père d'Henry avait la tête d'un humain et le corps d'un dinosaure. Henry retourna en courant sur son matelas pour échapper à la griffe acérée.

– N'aie pas peur, mon enfant, grinça la femme en enroulant sa queue autour de lui.

Elle aussi avait un corps de dinosaure.

Henry ferma les yeux et, quand il les rouvrit, les humains-dinosaures (ses parents ?) avaient disparu.

Il jeta un coup d'œil autour de lui, vit que la tente était vide, et comprit… *Ce n'était qu'un rêve.*

Il reprit ses esprits et sortit la tête par le rabat de sa tente. La brume était revenue, au ras du sol, avec la lumière qui précède le lever du soleil. Une nouvelle journée commençait – et, pour Henry, c'était l'heure d'abandonner le foyer le plus chaleureux qu'il ait jamais connu.

En silence, il s'habilla et s'éclipsa de sa tente. Rex l'attendait, le corps avachi contre la toile de tente qui s'affaissait sous son poids. Quand il aperçut Henry sortir, il sauta sur ses pattes, étira sa colonne vertébrale et plia les pattes d'un côté et de l'autre, comme un chiot qui se réveille de son rêve ; un chiot géant avec des dents tranchantes comme des lames de rasoir.

Henry étouffa un rire et donna une tape sur le flanc de Rex.

– Tu es prêt, Rex ? chuchota-t-il.

Il réalisa qu'il ne lui avait pas demandé s'il voulait se lancer dans cette quête, mais il savait que Rex ferait tout ce qu'il souhaiterait.

Rex baissa la tête et ils s'en allèrent vers les écuries, laissant des traces de pas mouillés dans l'herbe humide. Henry espérait que la rosée du matin aurait séché avant que les autres ne se réveillent et découvrent leurs empreintes.

Ellie et Caden l'attendaient.

– Tu es sûr de vouloir venir ? fit Ellie à son arrivée. Nous courons le risque d'être exclus des Dinochevaliers.

Elle avait passé un bras sur les épaules de Caden. Henry vit qu'elle faisait de son mieux pour avoir l'air courageuse.

– Si tu nous aides, nous te déclarerons habitant des Hautes Terres pour la vie, annonça Caden avec sérieux.

–Il faudra peut-être que je te prenne au mot, dit Henry, si je me fais expulser de Brecklan.

Ils échangèrent un sourire et se dirigèrent vers les écuries. Henry pénétra à l'intérieur pour faire sortir Bounce, dont les plumes voletaient avec la brise. Bounce était leur plus petit dinosaure – parfait pour un garçon comme Caden.

Mais quand Henry se tourna vers Caden, ce dernier avait disparu.

–Où est-il parti ?

Ellie sourit et montra son cousin qui sortait des écuries derrière lui. Il avait dû suivre Henry à l'intérieur ! Il tenait une double hache dans une main et un vieux bouclier usé dans l'autre.

–Que fais-tu ? s'étonna Henry.

Caden coinça le manche en bois de la hache dans sa ceinture et cala le bouclier dans son dos d'un coup d'épaule.

– Je me prépare, comme un Dinochevalier ! répondit-il.

Henry n'osa pas dire au garçon à quel point il était difficile de devenir Dinochevalier – ni qu'il avait dû se battre pour faire ses preuves, en délivrant Lord Harding et Lady Anwyn du château de Neville Avingdon.

Ellie lança un sourire ironique à Henry.

– S'il veut croire qu'il est un Dinochevalier, laisse-le faire.

Henry se baissa et croisa les mains pour faire la courte échelle à Caden. Ce dernier se hissa sur le dos de Bounce et mit ses bras autour de son cou.

– Je n'étais encore jamais monté sur un dinosaure !

– C'est ce qu'il y a de mieux à Panterra, dit Henry. Et, Caden, tu ressembles *vraiment* à un Dinochevalier.

Henry monta sur le dos de Rex et Ellie sur son styracosaure à piques. Les deux bêtes étaient côte à côte, les yeux levés vers la montagne.

Des nuages cachaient le sommet mais, quelque part là-haut, des gens avaient été privés de leur famille par des inconnus masqués. Henry et Ellie allaient leur venir en aide.

Ils se mirent tous les trois en route, guidés par Henry. Celui-ci portait l'armure cabossée qu'il avait héritée de Gaston, mais il s'en fichait. Avec son épée

accrochée dans le dos, il se sentait prêt à tout affronter. Les trois dinosaures marchaient silencieusement, les uns derrière les autres. Leurs corps se balançaient d'un côté et de l'autre tandis qu'ils dépassaient les écuries, le laboratoire de dynamitosaure d'Ysée et le manoir.

Ils se dirigeaient vers le haut de la montagne, peu importe ce qui les attendait, ou *qui* les attendait.

DANS LE CHAPITRE PRÉCÉDENT

Henry, Ellie et Caden, accompagnés des dinosaures, décident de partir à l'insu des autres Dinochevaliers et de Lord Harding en direction des Hautes Terres. Coûte que coûte, ils sont déterminés à sauver les habitants des montagnes, même si cela signifie perdre leur place au sein de l'équipe.

Chapitre quatre

Le trio avait marché toute la matinée, d'abord sur des sentiers puis sur un chemin cahoteux qui montait à flanc de montagne. Au bout d'un moment, Caden avait pris les commandes en disant qu'il connaissait la route. Mais bientôt, il fut évident qu'il ne pouvait connaître l'ensemble des sentiers qui s'entrecroisaient, et il perdit son assurance.

– Comment peut-on guider trois dinosaures sur une corniche ? demanda Caden.

Voyant le précipice rocheux devant eux, Henry déglutit difficilement et jeta un coup d'œil en contrebas : il y avait un petit amas de formes qu'il reconnut comme étant le village de Brecklan. Les habitants avaient dû se réveiller et remarquer la disparition d'Henry et Ellie, ainsi que celle de Caden et leurs dinosaures. Allaient-ils se mettre à leur poursuite ?

Henry chassa cette pensée de son esprit. Il ne pouvait se permettre de s'en inquiéter maintenant. Il devait rester concentré pour ne pas tomber de la montagne.

– Reste stable, cria Henry à Caden. Et mets un pied devant l'autre.

– Je ne peux pas ! répondit Caden. C'est impossible !

– C'est toujours possible, intervint Ellie. Nous, les Dinochevaliers, nous avons un cri

de guerre qui nous rappelle pourquoi nous nous battons. Mais aujourd'hui, je vais le modifier. Aujourd'hui, nous chevauchons… pour les *Hautes Terres !*

– Pour les Hautes Terres ! répéta Henry.

Il descendit de Rex et enroula les rênes autour de son poing en les serrant bien. Il se retourna pour regarder les yeux jaunes de son ami dinosaure.

– Suis-moi. Et fais attention en avançant.

Rex émit un gémissement sourd.

Ils avancèrent le long de la corniche, le vent sifflant aux oreilles d'Henry. Des plantes d'altitude poussaient dans les fissures des rochers et Henry s'y accrochait en espérant que les racines seraient assez solides.

Le groupe s'approcha lentement et avec précaution. Henry sentait le souffle fatigué

de Rex à l'arrière de sa nuque. Un tyrannosaure rex n'était pas vraiment fait pour escalader les montagnes ! Mais, après quelques instants qui parurent une éternité, ils arrivèrent sur un chemin plus large les menant à une corniche.

– Tu y es ? appela Ellie depuis l'autre côté du rocher.

Henry ne pouvait pas les voir, mais quand il eut escaladé le sommet, il les aperçut en aval de la pente rocailleuse. Il pouvait maintenant les guider le long de la corniche.

– Faites un pas après l'autre, cria Henry tandis que Rex, apeuré, reculait contre la paroi de pierre lisse. Cherchez des endroits où vous accrocher !

Ellie emmena son dinosaure à écailles, Kayla, le long de la corniche. Caden la suivit avec son dinosaure à plumes. Tout ce qu'ils avaient à faire, c'était un pas après…

– Nooooooon !

Ellie bondit pour attraper Caden par le col alors qu'il était sur le point de tomber à la renverse sur un tas de pierres. Henry, le cœur battant, regarda le garçon se balancer dangereusement en plein vent, jusqu'à ce que Bounce l'atteigne avec son long cou plumeux et parvienne à sauver son nouvel ami. Il déposa Caden sur la corniche et tous les quatre continuèrent leur chemin en silence. Henry n'osait pas donner d'autres instructions, de peur de les déconcentrer.

Ils finirent par atteindre l'affleurement.

– Espérons que l'on n'ait pas à redescendre par ce chemin, déclara Henry, tandis qu'un frisson lui parcourait l'échine. On est passés un peu trop près à mon goût.

– Je crois que j'ai loupé un virage, dit Caden.

– Ne t'inquiète pas, le rassura Ellie.

Elle mit la main en visière et leva les yeux vers le sommet du pic.

– Hé ! Mais qu'est-ce que c'est que ça ?

Au-dessus d'eux, il y avait un ensemble de petits carrés sur le flanc de la montagne, comme un édredon en patchwork.

– C'est la ferme ! cria Caden. Je savais que c'était la bonne direction.

Il grimpa sur le dos de Bounce et les deux foncèrent devant. Ellie et Henry suivirent Caden jusqu'au bord des terres cultivées – là où commençaient les destructions.

Une vilaine traînée noire obscurcissait le ciel au-dessus des maisons. De la *fumée*. Caden guida Bounce entre les bâtiments ; sous le choc, il regardait les fenêtres soufflées, les cheminées détruites et ce qu'il restait de sa maison. Le village avait été complètement rasé. C'était récent, car les feux brûlaient encore.

La maison de Caden était dévastée et laissée à l'abandon. Du moins, c'est ce qu'ils croyaient.

La porte en bois d'un cabanon de pierre s'ouvrit en grinçant et un enfant habillé de guenilles apparut. Ses yeux pâles clignaient au milieu d'un visage plein de suie.

– Clara ! cria Caden, en courant pour prendre la fille dans ses bras.

Il la serra fort contre lui.

– Tu es revenu, cousin, dit-elle.

– Et j'ai amené de l'aide, répondit-il en la mettant face à Henry et Ellie.

Clara se rapprocha d'eux, abasourdie. Elle poussa un cri de surprise en voyant les dinosaures. Ellie descendit de Kayla pour réconforter sa cousine, l'enlaçant longuement.

Henry était heureux de voir les cousins réunis, même si c'était quelque chose qu'il ne connaîtrait jamais.

– Ils les ont kidnappés, gémit doucement Clara. Tous. Je me suis cachée dans le grenier à charbon, comme ma mère me l'a ordonné. Mais maintenant, ils ont tous disparu.

– Nous allons les retrouver, assura Henry. Sais-tu par où ils ont été emmenés ?

Clara leva un doigt tremblant pour désigner une route qui partait du village.

– C'est la route qui mène au royaume de Pattick, constata Ellie.

– Ils ont rassemblé tout le monde dans des cages et… ils ont volé nos familles !

Clara s'effondra sur un rocher et essuya les larmes qui striaient ses joues. Il ne restait plus qu'elle.

– Ils n'ont même pas montré leurs visages, ils se cachaient derrière leurs masques.

– Ces masques avaient-ils un signe particulier ? demanda Henry.

– Une sorte d'oiseau avec de grandes ailes, répondit Clara.

– L'aigle de Pattick, murmura Henry en se souvenant de ce que Torin et Lord Harding avaient dit.

Henry emmena Rex dans la direction indiquée par Clara.

– Nous devons y aller maintenant ! cria-t-il par-dessus son épaule. Ce n'est pas le moment de s'apitoyer, il faut continuer !

Il n'aurait jamais cru dire un jour quelque chose d'aussi insensible alors qu'une petite fille était toute seule, mais s'ils voulaient les sauver, elle et sa famille, ils ne pou-

vaient pas perdre de temps à la consoler. Pas maintenant. Cependant, ses compagnons ne bougeaient pas.

– Tu viens ? demanda Henry à Ellie.

– Pas sans Clara, répliqua-t-elle. On ne peut pas la laisser seule ici. Elle n'est pas en sécurité.

Henry se demanda ce que signifiait désormais le mot « sécurité », mais reconnaissait la force du lien familial qui unissait Ellie à ses cousins.

– Monte, dit Ellie à Clara. Tu peux venir avec moi sur Kayla.

Ellie l'aida à grimper maladroitement sur le dinosaure, et la rejoignit d'un mouvement élégant.

– Ouah ! souffla Clara. Je n'étais jamais montée sur un dinosaure.

– C'est ce qu'il y a de mieux à Panterra, rapporta Caden, faisant écho aux mots d'Henry.

– Il a raison, dit Henry en souriant.

Il était sûr que Clara lui avait retourné son sourire, les bras autour de la taille d'Ellie, chevauchant le styracosaure.

Ils étaient sept désormais : quatre humains et trois dinosaures. La petite compagnie prit la route du royaume de Pattick.

Au bout d'un moment, le chemin se mit à rétrécir : des falaises à pic se dressaient de part et d'autre. Henry essayait de ne pas paniquer, même si sa respiration devenait difficile. Il pouvait le faire ! Évidemment qu'il le pouvait.

–Je n'aime pas ça, chuchota Ellie, tandis que Kayla luttait pour se glisser entre les parois.

Même les flancs de Rex commençaient à frotter contre le rocher rugueux. Il n'y avait pas de retour possible, ils devaient avancer – et Henry se sentit pris au piège. Il aurait voulu les sortir de là.

Mais c'était trop tard.

Soudain, il y eut de l'agitation dans la bande de ciel au-dessus d'eux. Des cris de guerre déchirèrent les airs. Des combattants masqués piquèrent vers eux, accrochés à des cordes qui s'étiraient et se contractaient, faisant bondir les silhouettes dans le vide.

Henry brandit son épée.

La bataille avait commencé.

DANS LE CHAPITRE PRÉCÉDENT

Après un voyage mouvementé, la petite équipe arrive au village des Hautes Terres. Tout n'est que désolation. Caden retrouve sa cousine, Clara, jusque-là cachée. L'heure est grave, il faut se dépêcher ! Alors qu'ils partent vers le royaume de Pattick, ils sont attaqués par de mystérieux assaillants venant du ciel…

Chapitre cinq

Un des assaillants venus du ciel atterrit sur le dos de Rex.

Henry leva son épée et frappa l'armure du combattant. L'ennemi masqué poussa un cri et tomba du dos du dinosaure, roulant à ses pieds dans la poussière avec un bruit sourd. L'attaquant brandit son arme et la plongea vers la gorge écailleuse de Rex.

– Non ! cria Henry en tirant fermement sur la rêne gauche.

Rex pivota son énorme tête et évita le coup de justesse.

En réaction, le dinosaure balança son museau et percuta l'assaillant qui perdit l'équilibre. Henry en profita pour sauter au sol et pointer le bout de son épée sur la gorge de l'ennemi, la seule partie de son corps qui n'était pas protégée.

Le masque correspondait à la description de Caden – une sorte de peau avec un symbole d'oiseau tracé sur le front.

– Qui êtes-vous ? interrogea Henry furieusement.

Mais d'autres combattants surgirent derrière lui. Henry fit volte-face et vit Ellie manier une branche comme une matraque. Elle frappa le torse d'un opposant qui tomba à la renverse.

Derrière Ellie, Caden brandissait son bouclier et faisait tourner sa hache au-dessus de sa tête, prêt à effectuer un lancer mortel. La hache fendit les airs en tournant sur elle-même, et la lame vint se planter dans la terre aux pieds de son adversaire. Le signal était clair. Henry sentit une vague de fierté l'envahir – Caden n'était peut-être pas un Dinochevalier, mais il était certain qu'il comprenait leur code d'honneur.

Clara, sans arme, était perchée sur Kayla : elle donnait des coups de poing et de pied aux attaquants qui essayaient de l'approcher. Elle était jeune, en pleine forme, et emplie de rage. Quand un combattant masqué atterrit sur la queue de Kayla pour se battre contre Clara, elle lui balança un coup qui le précipita contre la falaise.

Henry se concentra sur le guerrier à ses pieds.

– Qui êtes-vous ? Pourquoi est-ce que vous nous attaquez ?

Tous les combattants s'interrompirent en voyant la position vulnérable dans laquelle se trouvait leur chef. Ils baissèrent leurs épées. Les cris se turent. Tout à coup, on n'entendit plus rien, à part le sifflement de l'air entre les falaises, et le cri lointain d'un aigle dans le ciel.

Après quelques instants, Henry fit un pas en arrière et tendit la main à son adversaire pour l'aider à se relever.

Il enleva le masque. Henry se trouva face à un visage de fille, rouge et luisant de sueur. Son assaillante n'était pas plus vieille que lui.

– Nous sommes les Guerriers de la montagne, annonça-t-elle, comme si c'était une évidence. Nous protégeons ce royaume des envahisseurs tels que vous.

Henry tenta de ne pas rire, sans succès.

– Tels que nous ? interrogea-t-il. Nous ne sommes pas des envahisseurs.

Les Guerriers de la montagne se rassemblèrent autour de lui, échangeant des regards inquiets.

Henry rangea son épée, montrant à la fille qu'il n'avait pas l'intention de lui faire de mal, ni à elle ni aux autres.

– Je m'appelle Henry, Henry Fairchild, de Brecklan. Comment t'appelles-tu ?

La fille déglutit.

– Alice, de la Crête de la montagne.

– Pourquoi vous battez-vous pour le prince Pattick ? demanda Ellie.

Un des guerriers enleva son masque et cracha sur le sol.

– Nous refusons de nous battre pour le mal et la lâcheté.

Henry se mordit la lèvre pour ne pas répliquer. Ils étaient intimidants, il ne pouvait le nier.

– Mais vous portez les masques et les symboles de Pattick, fit-il remarquer.

Alice passa une main sur son front pour effacer le signe de l'aigle.

– Nous avons été enrôlés dans l'École des chevaliers du prince, avoua-t-elle.

– Plutôt la prison du prince, intervint un autre guerrier de la montagne.

– Tous les jeunes ont été mobilisés dans l'École de Pattick, expliqua Alice. Il disait que ce serait un honneur pour nos familles et notre royaume. Mais il nous a trompés, mentis. Il constituait une armée d'esclaves pour obéir à ses ordres et mettre à exécution son plan secret. Nous nous sommes donc échappés, et cela fait maintenant des semaines que nous sommes en fuite et que nous vivons dans l'ombre, cachés. Nous avons cru que vous étiez envoyés pour nous ramener et nous forcer à nous battre pour Pattick.

Henry déglutit. Quelque chose le tourmentait dans cette terrible histoire.

– Quel plan ? demanda-t-il.

– L'invasion, dit Alice.

– Nous sommes au courant, intervint Ellie. Ils ont saccagé mon village.

– Les Hautes Terres, précisa Caden. Et ils ont brûlé nos maisons.

– Et enlevé nos parents, ajouta Clara.

Alice secoua lentement la tête.

– Ce qu'ils ont fait est horrible, et j'en suis désolée. Mais ce n'est pas l'invasion.

– Mais alors, pourquoi ? interrogea Ellie.

– Parce qu'ils ont besoin de bras. Ils ont enlevé vos parents pour les faire travailler. Afin de couper des arbres, construire des navires de guerre et les porter en bas de la montagne. Pour la *vraie* invasion, de l'autre côté de la mer.

– Le passage du nord, prononça Caden dans un souffle terrifié. Il mène à la mer.

– De l'autre côté de Brecklan, compléta Ellie.

Son poing se serra autour de son bâton.

– S'ils prévoient une invasion, dit Henry, nous devons les en empêcher.

– *Prévoir* ? fit Alice en penchant la tête.

Henry la vit blêmir.

– Tu ne comprends donc pas, Henry de Brecklan ? L'invasion est déjà là. Tu arrives trop tard.

DANS LE CHAPITRE PRÉCÉDENT

Après avoir déjoué l'attaque, Henry interroge la cheffe des rebelles, Alice. Celle-ci lui apprend qu'ils ont déserté le royaume du prince Pattick car ils n'étaient pas d'accord avec ses plans. Mais il y a plus grave encore : Pattick a une autre cible, Brecklan, et il est déjà trop tard pour stopper l'invasion.

Chapitre six

Henry sentit un poids s'abattre sur ses épaules. Il ne savait que faire.

Alice vit le désespoir dans ses yeux.

– Je peux te montrer l'endroit d'où ils ont prévu d'attaquer, lui proposa-t-elle.

– Merci, dit Henry en remontant sur le dos de Rex.

Il aida Alice à monter. Le dinosaure grogna, visiblement mécontent de l'arrivée de cette nouvelle passagère.

– Tout va bien, Rex, dit Henry. Elle est avec nous maintenant.

Ellie grimpa sur Kayla, rejoignant Clara sur son styracosaure. Caden les suivit sur Bounce, qui gazouilla quand ce dernier prit les rênes.

Ils descendirent à flanc de montagne : les pattes des dinosaures glissaient et griffaient la surface rocheuse. Des cailloux dégringolaient sous leurs pattes. Henry était certain qu'on les verrait approcher avec le soleil qui se reflétait sur leurs armures. Mais il n'y avait aucun endroit où se cacher – les rochers nus et les fougères basses étaient leurs seuls abris.

Ils longèrent un ruisseau, qui se transforma en rivière avant de se jeter dans la mer. Enfin, ils arrivèrent non loin du passage du nord.

Henry sentit la sueur dans son dos. À sa droite, il perçut un son étouffé et répétitif, comme le bruit sourd d'une hache contre du bois. Il regarda dans la direction de l'écho et vit des groupes d'hommes et de femmes, habillés des mêmes couleurs vives et des mêmes jupes en grosse laine que Caden. Ils coupaient des arbres, arrachaient les branches et faisaient rouler les troncs pour les aligner au bord de l'eau.

Ils étaient surveillés par des gardes qui brandissaient des épées et des fouets.

– Plus vite, racaille des Hautes Terres ! cria l'un d'eux. Mettez le reste des navires à l'eau.

Derrière eux, Henry remarqua d'énormes bâtiments de guerre qu'on transportait en bas de la pente.

– Vite ! Cachez-vous !

Il scruta les alentours et découvrit une vieille cabane de pêche branlante, abandonnée depuis longtemps. Alice, Ellie, Caden et Henry se précipitèrent à l'intérieur, Clara fermant la marche.

– Et les dinosaures ? s'inquiéta Alice. Ils sont énormes, on ne peut les cacher nulle part.

– Oh, que si ! répondit Henry en réfléchissant à toute vitesse. Rex !

Il lui montra la mer et son ami comprit immédiatement. Le tyrannosaure emmena les autres dinosaures dans l'eau, jusqu'à ce que les vagues touchent leurs genoux écailleux, puis leur ventre, puis leurs épaules… et qu'enfin, seules quelques paires de narines, et autant de paires d'yeux perçants, se dessinent au ras de l'eau.

Ellie n'arrivait pas à se retenir de rire.

– C'est ce que j'appelle se cacher sous leur nez, plaisanta-t-elle.

– Même leur mère ne les trouverait pas dans la mer, blagua Caden, ce qui fit grogner Henry.

– Regarde.

Il désigna le bord de l'eau à travers l'encadrement affaissé de la fenêtre.

– Ces troncs. Ils les utilisent pour faire rouler les navires jusqu'à l'eau.

Ellie vint s'accroupir à côté de lui.

– Alice a raison. On arrive trop tard.

La plus grande peur d'Henry était en train de se réaliser. Les habitants des Hautes Terres descendaient les navires les uns après les autres en utilisant les troncs : ils les faisaient rouler doucement jusqu'à la mer.

Là, les chevaliers de Pattick se ruaient dans les embarcations, arrachaient les pagaies et partaient en mer. Les flancs de chaque navire étaient poncés et parfaitement vernis, et l'aigle de Pattick peint sur le bois. C'était une véritable armada, et ils allaient au combat.

Henry regarda au loin la côte sud, là où était Brecklan. Une étendue d'eau brillante séparait Henry de son foyer, et ni lui ni son petit groupe de compagnons ne pouvaient y faire quoi que ce soit. Pas face à une telle armée.

–Je suis désolée, dit Alice. Je pensais qu'on pourrait peut-être les arrêter, mais je ne savais pas que… (Elle secoua la tête.) On dirait que toute l'École des chevaliers a été appelée pour la guerre.

Henry réfléchit à toute vitesse.

– Toute l'école ? Cela voudrait dire qu'ils l'ont laissée sans surveillance, n'est-ce pas ?

Au loin, sur la côte, il vit un chevalier faire un geste pour signifier le retour vers la forêt. Ils entendirent le son étouffé d'un ordre, et les habitants des Hautes Terres commencèrent à s'éloigner, accompagnés d'un unique garde. Henry observa la lente rangée d'hommes et de femmes qui se frayaient un chemin en direction des bois.

– Où vont-ils ? demanda-t-il à Alice.

Elle risqua un œil par la fenêtre et se mordit la lèvre.

– Il y a un château par là, à la limite de l'école, dit-elle. Pour les visiteurs.

– Les visiteurs ?

Elle déglutit, les joues empourprées.

– Ou plutôt pour les prisonniers.

– Allons-y !

Henry sortit d'un bond de la cabane et courut dans le sable. Se cacher n'avait plus d'importance : les combattants de Pattick étaient déjà en route vers Brecklan, et il fallait les arrêter. Il appela les dinosaures qui sautèrent hors de l'eau, les flancs ruisselants. Rex avait un poisson dans la gueule et Bounce des algues qui lui dégoulinaient des oreilles.

Henry ordonna à Rex de se baisser et essaya de ne pas glisser en montant sur son dos. Alice l'imita, elle maîtrisait déjà l'art de grimper sur un dinosaure.

– Allons-y !

Il leva un bras en l'air et fit signe aux autres.

– Suivez-nous !

Rex slalomait entre les arbres, plongeant d'un côté puis de l'autre jusqu'à ce qu'ils arrivent dans une clairière au milieu de laquelle s'élevait... une tourelle. Et pas qu'une seule. Henry les compta en dodelinant de la tête, se penchant en arrière pour regarder vers le ciel.

– Le château des prisonniers ! cria Alice au moment où un oiseau passait au-dessus de leur tête.

Était-ce là que les habitants des Hautes Terres venaient d'être envoyés ? Y en avait-il d'autres à l'intérieur ?

– Henry, penses-tu que les habitants de mon village sont ici ? demanda Clara.

Pour la première fois, Henry vit une lueur d'espoir briller dans ses yeux, et il n'eut pas le courage de la décevoir.

– S'ils y sont, je les trouverai, promit-il à la cousine d'Ellie.

Henry glissa du dos de Rex et l'emmena vers un pont en bois exigu qui surplombait des douves étroites.

Alice les suivit et ils passèrent sous une herse relevée.

– La sécurité n'est visiblement pas leur priorité, commenta Alice.

Elle n'avait pas tort. Il était évident que les chevaliers de Pattick étaient partis en vitesse, impatients de passer à l'attaque.

Au-dessus d'eux, quelqu'un cria :

– Aidez-nous !

Henry leva la tête et vit une paire d'yeux désespérés derrière une fenêtre grillagée. Il se rua dans un couloir par une porte basse et grimpa en vitesse les escaliers dont les marches en pierre avaient été polies par le temps. Enfin, en haut, il repéra une porte en bois verrouillée par un cadenas de fer.

Il frappa des poings sur le bois épais.

– Est-ce que vous êtes là ?

La même voix lui répondit :

– La clef ! Trouvez la clef !

Henry fit volte-face. Retrouver une simple clef, il devrait y arriver ! Réfléchissant à toute vitesse, il passa la main en haut de l'encadrement de la porte, ramassant de la poussière avec ses doigts.

Rien.

Puis il fit un pas en arrière et observa les murs. L'enduit avait disparu entre deux pierres : il passa la main entre les deux.

Rien.

Il repéra un tableau accroché sur le mur opposé. Il représentait une femme, les mains jointes, les doigts pointés vers le bas, vers, vers… vers le plancher. Il vit des trous laissés par des clous manquants dans une des planches.

– Ici !

Il se jeta à genoux et l'ouvrit en faisant levier. Comme on pouvait s'y attendre, la planche dissimulait un espace vide dans lequel reposait une clef. Il la ramassa et courut à la porte, avant de la glisser dans la serrure : elle entrait parfaitement. Il tourna la clef sans bruit et la porte s'ouvrit à la volée.

Henry découvrit alors un groupe d'habitants des Hautes Terres assis contre le mur. Il lui était impossible de distinguer leurs visages dans la pénombre, mais Alice arriva derrière lui et les reconnut aussitôt. Ils se levèrent précipitamment pour venir saluer Ellie et Alice.

– Regardez-moi cette belle jeune fille – comme tu as grandi !

Une femme plus âgée passa la main sur la joue d'Ellie, comme s'il était absolument normal de faire une réunion de famille dans une cellule de prison.

– Bonjour, grande tante Eileen, salua Ellie.

– Tu fais plaisir à voir, mon enfant, dit une autre femme en essuyant les larmes de ses yeux.

Un par un, ils s'approchèrent d'Ellie, la prirent dans leurs bras et l'embrassèrent. Grande tante Eileen se tourna vers Henry pour l'examiner.

– Et qui est ce joli garçon ?

– C’est Henry, dit Ellie. Il est avec moi.

Henry fit un signe de la main.

– Bonjour, tout le monde.

Un homme s’avança et souleva Henry pour le prendre dans ses bras. Henry eut l’impression que, malgré son armure, il allait entièrement se vider de son air ! Ces habitants des Hautes Terres étaient costauds !

Quand l'homme le relâcha, Henry prit une grande inspiration pour remplir à nouveau ses poumons.

Tante Eileen plaqua un baiser mouillé sur la joue d'Henry. Il ne voulait pas gâcher les retrouvailles, mais il savait qu'ils devaient se dépêcher.

– Hum, je suis vraiment désolé, commença-t-il, mais il est urgent que nous…

– Qu'est-ce qui se passe ici ?

Il se retourna et vit d'autres habitants des Hautes Terres se pressant dans le couloir, à l'extérieur de la cellule, et les regardant avec un air hostile. Ceux-ci étaient escortés par l'un des chevaliers de Pattick, un adolescent maigrichon qui écarquilla les yeux quand il vit Alice.

– Qu'est-ce que tu…

Il n'eut pas le temps de finir sa phrase. Le plus grand des habitants des Hautes Terres se glissa derrière lui et mit une main trempée de mousse sur son visage, couvrant ainsi sa bouche et son nez. Le garde s'écroula au sol, inconscient.

– Qu'est-ce que c'était ? souffla Ellie.

L'homme haussa les épaules et jeta la mousse par la fenêtre de la tourelle.

– Trempée dans du jus de ciguë. Il sera inconscient quelque temps.

Il se tourna vers Henry.

– Maintenant, peux-tu m'expliquer ce que tu faisais avec ma femme ? grogna-t-il.

Henry recula, les mains en l'air.

– R… rien ! C'est *elle* qui m'a embrassé.

Ellie s'interposa et le visage de l'homme s'éclaira en la voyant.

– Eh bien, regardez-moi ça !

– Oncle Angus ? demanda-t-elle.

– Lui-même, fit-il. La dernière fois que je t'ai vue, tu n'étais qu'une gosse !

– C'est exactement ce que j'ai dit, Angus, intervint Eileen. Maintenant, calme-toi. Les amis d'Ellie viennent de nous libérer !

– Mais pourquoi ? fit-il, avec un air perdu.

De l'autre côté de la cellule, Alice les observait. Depuis que le garde l'avait interpellée, elle était devenue très silencieuse. Henry se demanda comment elle se sentait, sachant qu'elle avait d'abord fait partie de l'École des chevaliers, ceux qui avaient kidnappé et emprisonné des familles entières. Mais au moins, à présent, elle se rachetait.

– Nous devons arrêter l'attaque, dit-elle d'une petite voix.

Angus la scruta de haut en bas ; visiblement, il avait reconnu son armure.

– Tu es des leurs, cracha-t-il. On devrait t'enfermer !

Henry avança au centre de la pièce.

– Non. Alice et les autres ont quitté l'École des chevaliers de Pattick dès qu'ils ont découvert ce qu'il y faisait. Nous devons unir nos forces pour arrêter son armée. Et vite – il reste peu de temps.

Il regarda le garde qui était à terre et qui commençait déjà à bouger.

– Quel est ton nom, chevalier ?

– Glenn, répondit celui-ci en déglutissant. S'il vous plaît, ne me faites pas de mal, je ne faisais que suivre les ordres.

– Tu pourrais suivre mon poing, gronda Angus en frappant son poing droit dans sa paume gauche.

Mais Henry leva les mains en signe d'apaisement.

– Glenn, Alice et ses amis ont désobéi aux ordres de Pattick parce qu'ils les trouvaient injustes. Désormais, elle nous aide. Je t'offre la possibilité de faire de même.

Glenn cligna des yeux.

– Ou je peux laisser l'oncle Angus s'occuper de toi, ajouta Henry.

Oncle Angus croisa ses bras musclés sur son torse et ses compagnons se rassemblèrent autour de lui. Il y eut un silence long et tendu, puis Glenn émit un grognement réticent. Il se leva lentement et fit une petite révérence à Angus. Le géant des Hautes Terres se tourna vers Henry et lui dit :

– Je pourrais m'habituer à ça. Mais alors, gamin, quel est ton plan ?

Un plan ? Henry n'en avait pas.

– On pourrait leur donner les navires en trop, proposa Eileen.

Henry sentit un sourire apparaître sur son visage.

– Des navires en trop ?

Elle acquiesça vivement.

– Ce cher prince Pattick est très exigeant quant à la qualité des navires qu'il utilise. Que les meilleurs. Pas de place pour les défauts et autres trucs de ce genre. Nous avions l'ordre de brûler tout le reste.

– Mais vous n'avez pas suivi les ordres, *n'est-ce pas ?*

– Bien sûr que non, dit Angus avec un clin d'œil. Nous les avons cachés dans la forêt. Nous avions prévu de nous échapper, mais…

Il désigna Henry.

– Maintenant, on dirait que ce n'est plus la peine.

Henry se mit à faire les cent pas dans la pièce ; il réfléchissait vite et commençait à reprendre espoir. Finalement, il pourrait peut-être contrer l'invasion. Mais il ne fallait pas perdre une seconde. Il s'immobilisa.

– Monsieur, est-ce que je pourrais emprunter vos navires ?

Tous les habitants des Hautes Terres éclatèrent de rire.

– Monsieur ? Eh, c'est bien la première fois qu'on m'appelle monsieur !

Chapitre six

Angus lui donna une tape dans le dos. Sa force était telle que Henry fut projeté en avant.

– *Les emprunter ?* Mais je te les donne, gamin !

DANS LE CHAPITRE PRÉCÉDENT

Après que l'armée de Pattick a pris la direction de Brecklan, Henry, Ellie et les autres se dépêchent de délivrer les habitants des Hautes Terres. Ellie retrouve sa famille et ils s'emparent des derniers navires, la route étant plus courte par la mer. Ils doivent à tout prix arriver à Brecklan avant qu'il ne soit trop tard.

Chapitre sept

Henry se tenait sur les marches d'un escalier en pierre à l'extérieur du château.

Quatre navires étaient alignés sur le sol à côté de lui. Quatre navires, ce n'était pas beaucoup, mais c'était assez pour emmener une équipe de libérateurs à Brecklan. Un navire pour Henry et ses amis et deux autres pour les habitants des Hautes Terres qui avaient proposé leur aide. Le dernier navire serait conduit par Glenn, le garde qui avait retourné sa veste. Henry n'était pas sûr de pouvoir lui faire confiance, mais il valait mieux qu'ils l'aient à l'œil plutôt que le laisser derrière eux au château avec la possibilité de sonner l'alarme.

À présent, Henry n'avait plus qu'à expliquer aux autres la suite de son plan.

– Nous emmènerons les navires jusqu'à la côte et nous suivrons la flotte des assaillants.

Après tout, la route maritime était la plus courte pour rejoindre Brecklan.

Rex grogna d'enthousiasme, visiblement désireux de participer – mais Henry secoua la tête.

– Pas toi.

La queue de Rex retomba de déception et il poussa un gémissement aigu. La styracosaure d'Ellie se mit à piétiner d'enthousiasme, pensant ainsi convaincre Henry de la laisser venir.

– Et toi non plus, Kayla. Vous êtes trop gros pour traverser la mer !

Il hocha la tête en regardant Alice, espérant que les autres approuveraient leur plan.

– Alice conduira les dinosaures par le chemin de la montagne. Nous nous retrouverons à Brecklan. Nous saurons d'ici là comment vous pourrez nous aider.

Henry observa les visages rassemblés autour de lui. Il remarqua que celui d'Ellie était contracté par l'inquiétude. Les dinosaures commencèrent à pousser des gémissements graves et angoissés.

– Nous n'avons jamais été séparées, confia Ellie en posant la main sur le flanc de Kayla. Pas depuis le jour où elle a éclos.

– J'ai bien peur qu'on n'ait pas le choix, dit Henry en jetant un coup d'œil à Rex.

Eux aussi étaient inséparables depuis le jour de leur première aventure.

– Je prendrai soin d'eux, promit Alice. C'est le moins que je puisse faire, vous pouvez avoir confiance en moi.

– Il faut y aller, maintenant !

Henry descendit d'un bond les marches en pierre et se dirigea à grands pas vers l'avant de l'un des navires pour essayer de le soulever. Il était taillé dans du bois solide ; ses muscles tremblèrent sous l'effort, mais le bateau ne bougea pas.

– Laisse ça aux experts, gamin, dit Angus.

Il jeta un coup d'œil à Clara ; son petit visage commençait à montrer des signes de fatigue.

– Monte, petite.

La fillette se précipita dans un bateau et s'accrocha au bord avec enthousiasme. Angus fit un signe de tête aux autres, qui se mirent en position tout autour.

– Un, deux, trois… soulevez !

Henry resta bouche bée. Il observa les muscles se tendre et frémir, la peau luisant au soleil sous les efforts déployés par les habitants des Hautes Terres pour mettre les navires sur leurs épaules et marcher en cadence vers la rive. À contre-jour, Clara hochait la tête et agitait la main en l'air pour guider ses compagnons des Hautes Terres.

Il était temps de dire au revoir aux dinosaures. Henry s'approcha de Rex, qui baissa la tête pour qu'ils puissent se regarder dans les yeux. Le jeune chevalier passa la main sur le nez géant du dinosaure et fut heureux d'entendre son ronronnement de plaisir.

– On se voit bientôt, dit-il à son ami. Veille sur Alice.

Il n'avait plus qu'une chose à faire : descendre de la colline et suivre les habitants des Hautes Terres.

Leur mission avait commencé.

***

Henry n'avait jamais ramé avant. Il ressentit rapidement la douleur dans les muscles de ses bras, mais avec Ellie, ils apprirent vite à pagayer en cadence. *Gauche, droite, gauche, droite !* Bientôt, ils se propulsaient sur l'eau. À leur gauche, Henry

distinguait tout juste les dinosaures dans les montagnes. Si seulement ils pouvaient arriver à temps !

Ils abordèrent enfin la côte de Brecklan. Caden bondit hors du navire et, avec Ellie, ils traînèrent les embarcations sur la rive sablonneuse.

Ils les déposèrent entre les dunes de sable et avancèrent discrètement jusqu'à Brecklan. Aux abords du village, ils se dissimulèrent dans les hautes herbes pour faire le point.

Ce n'était pas encourageant.

Les rues étaient désertes. Cependant, sur la place du marché, une silhouette se tenait sur le socle de la statue du village – le grand-père de Lord Harding chevauchant un raptor – et faisait un discours.

– C'est le prince Pattick, chuchota Caden.

Ils observèrent et tendirent l'oreille. Les chevaliers de Pattick étaient regroupés autour de lui, et le regardaient avec adoration.

Le prince était plus jeune que ce que Henry avait imaginé – à peu près son âge mais avec une peau lisse, des cheveux blonds coupés ras et ornés d'une couronne taillée dans une mâchoire de dinosaure et décorée de pierres précieuses scintillantes.

– Vous serez tous récompensés pour votre loyauté envers moi. Nous avons opéré avec rapidité et nous avons surpris les habitants de Brecklan. Grâce à moi, et un peu grâce à vous, ils ont tous été faits prisonniers sur le terrain de tournoi. Père n'aurait jamais réussi une telle opération, il n'est pas assez malin. Il m'a négligé pendant trop longtemps. Quand il rentrera de son exploration dans l'Est, il n'aura d'autre choix que de me transmettre la couronne. À présent, tous autant que vous êtes, vous devez trouver les réserves cachées.

Henry sut tout de suite de quoi il s'agissait : la récolte. Pattick voulait les baies de Brecklan. Henry regarda autour de lui, mais ne vit aucune trace des autres Dinochevaliers. Avaient-ils aussi été faits prisonniers ?

– Nous devons retrouver les autres, chuchota-t-il à Ellie. Mais comment ?

Un sourire rusé apparut sur le visage de son amie.

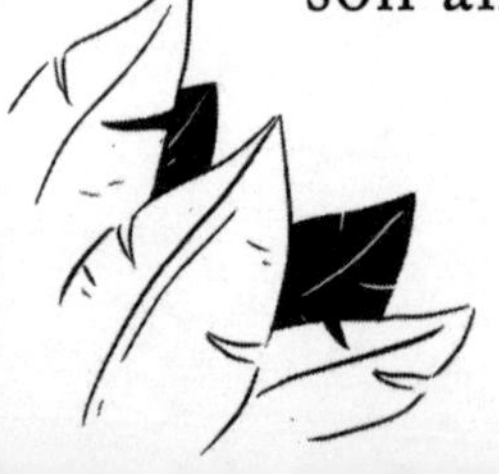

– Suis-moi.

Ils se faufilèrent le long du mur d'enceinte du village, jusqu'à un tas de rochers qui le jouxtait. Ellie cala son épaule contre un des plus gros rochers et fit signe à Henry de la rejoindre. Ils poussèrent de tout leur poids et, avec un crissement caverneux, le rocher se déplaça sur le côté, révélant un passage secret. Il était sombre et l'entrée minuscule mais, sans dinosaures, ils pouvaient s'y glisser.

Comme Ellie connaissait le chemin, elle passa la première. Elle disparut dans l'obscurité, puis deux mains blanches réapparurent, faisant sursauter Henry.

– Dépêche-toi !

Henry se baissa, s'assit à côté de l'entrée de la grotte et Ellie lui attrapa les chevilles.

– Un, deux, trois – saute !

Henry prit une profonde inspiration et sauta dans l'inconnu. Son corps glissa dans le trou, les rochers lui broyant les côtes, jusqu'à ce que, à force de se tortiller, ses pieds atterrissent sur un sol mou. Il ne voyait rien d'autre que l'éclat blanc des yeux d'Ellie, qui avait l'air de jubiler.

– Maintenant, aidons les autres à descendre.

En peu de temps, Caden les rejoignit, réussissant à se couler entre les rochers. Ellie tendit la main vers un candélabre sur la paroi de la grotte et tâtonna le long du mur, à la recherche de quelque chose.

– Trouvé, dit-elle.

Henry entendit un clic et des boules de verre attachées à une ficelle illuminèrent soudain le tunnel. Henry pensa d'abord

qu'Ellie avait réveillé une centaine de vers luisants, chacun piégé dans une ampoule translucide.

– Ouah ! s'exclama Caden. C'est incroyable. De la lumière sans bougies.

– C'est une des expériences d'Ysée, expliqua Ellie. Je crois que ça vient d'un endroit qui s'appelle la *Ville Électre*, mais je n'y suis jamais allée.

– Je veux y aller ! s'extasia Caden. Je parie que c'est bien éclairé, là-bas.

Le groupe avança dans le long tunnel illuminé. La lumière se reflétait sur l'armure d'Henry, qui suivait Ellie, se demandant où ce tunnel les menait.

– Qui est Ysée ? questionna Clara.

Ellie soupira.

– Notre amie, dit Henry.

– Ma *meilleure* amie, précisa Ellie. Nous n'aurions jamais dû nous séparer. Nous sommes de meilleurs Dinochevaliers lorsque nous faisons équipe.

Elle finit par s'immobiliser sous un puits qui perçait le plafond. D'autres tunnels partaient dans d'autres directions, mais c'était l'endroit qu'elle avait choisi pour s'arrêter.

– Nous voilà sous le terrain de tournoi.

Elle regarda autour d'elle, vérifiant ses points de repère.

– Oui, j'en suis sûre, c'est ici.

Elle monta une volée d'escalier taillé dans le mur et tendit la main pour soulever un couvercle en bois au-dessus de sa tête. Un rayon de lumière fit irruption dans le tunnel et éclaira leurs visages. Leurs yeux brillaient d'impatience.

Un par un, ils sortirent par l'ouverture, et débouchèrent au milieu du terrain de tournoi de Brecklan. Les villageois avaient l'habitude d'y venir le week-end pour encourager leurs combattants préférés. À présent, ils étaient enfermés et ils devaient obéir à leur geôlier. Henry sortit en rampant, juste à temps pour entendre ce que le prince Pattick disait aux prisonniers :

– Habitants de Brecklan, vous avez gardé votre récolte pour vous pendant trop longtemps, déclara-t-il en faisant de grands gestes de la main. Mais si vous me prêtez allégeance, à moi, votre seul maître, alors je vous épargnerai et vous serez des esclaves sous ma protection, je veux dire… des sujets. Vous récoltez les baies et je vous laisse la vie sauve. Dans les montagnes, c'est ce qu'on appelle un accord gagnant-gagnant.

– Beurk, ça me donne la nausée, dit Ellie en mimant un vomissement.

Henry vit une étincelle malveillante dans les yeux du jeune Pattick. Ce garçon avait trahi son père, envahi une paisible contrée voisine et emprisonné une population entière. Il était capable d'une cruauté infinie. Il fallait l'arrêter.

Chapitre sept

Alors qu'ils observaient la scène, une main tapa sur l'épaule d'Henry. Il fit volte-face et découvrit Gaston, déguisé avec des guenilles par-dessus son armure.

– Où étais-tu ? siffla Gaston. On a essayé de les maintenir à distance, mais ils étaient trop nombreux pour nous.

Ysée et Torin rejoignirent Gaston : eux aussi portaient des guenilles. Ils s'étaient cachés parmi les villageois pour ne pas se faire remarquer. Ils étaient prisonniers, comme les autres.

Torin prit Henry et Ellie dans ses bras.

– Ils sont arrivés par la côte, expliqua-t-il, le seul endroit qu'on n'avait pas pensé à défendre. Vous nous auriez été utiles, mais je suis bien content de vous voir en vie.

Henry savait qu'il aurait dû se sentir coupable, pourtant ce n'était pas le cas. Si Ellie et lui n'avaient pas suivi leur instinct et voyagé dans les montagnes, ils n'auraient jamais su ce que Pattick manigançait.

– Ils ont enlevé des habitants des Hautes Terres pour fabriquer une flotte de navires de guerre, expliqua Henry. C'est grâce à cela qu'ils ont pu nous envahir. Ils veulent annexer Brecklan et voler les baies. Nous les avons suivis mais nous ne sommes que cinq, et ils sont des centaines.

– Nous sommes six, dit Caden.

– Sept, ajouta Clara.

Torin sourit.

– Je vois qu'il y a de nouvelles recrues ?

Gaston leva les yeux au ciel.

– Transformer les Dinochevaliers en garderie, il ne manquait plus que ça.

– Fais attention à ce que tu dis, Gaston, gronda Ellie. Mes cousins ont beau être jeunes, ils ont un mental à toute épreuve, et un courage *incroyable*.

– Alors, quel est votre plan, *incroyables* chevaliers ? demanda Gaston.

– Nous donnons à Pattick ce qu'il veut, dit Ellie. Nous l'emmenons là où les baies sont cachées, dans les tunnels. Mais seulement le prince Pattick.

Gaston s'esclaffa.

– Bien sûr, comme si ça allait…

– Continue Ellie, l'interrompit Henry.

Il devinait brièvement son plan.

– Nous le menons jusque dans les caves. Personne ne les connaît aussi bien que nous.

Henry eut un regain d'espoir.

– Une fois Pattick à l'intérieur, je le prends au piège. (Ses yeux se mirent à briller.) Sans leur chef, ses adeptes se rendront. Ils ne lui sont pas loyaux – ils ont été enrôlés par la ruse dans ses lubies guerrières.

– Ça peut marcher, affirma Henry. Je viens avec toi.

– Non, répondit Ellie. Tu m'as déjà bien aidée, plus que tu ne le penses. J'ai besoin que toi et Rex gardiez les chevaliers de Pattick près de la côte. Mais c'est vrai, j'aimerais avoir quelqu'un à mes côtés.

Ellie se tourna vers Ysée.

– Pourquoi pas toi, sœurette ?

Ysée acquiesça et posa la main sur l'épaule d'Ellie en signe de solidarité. Elles n'étaient pas vraiment sœurs, mais Henry savait qu'elles étaient particulièrement proches.

Ysée sourit.

– Attirons ce cher prince Pattick dans notre piège.

Henry admirait leur bravoure, et espérait qu'elle serait suffisante.

DANS LE CHAPITRE PRÉCÉDENT

Ellie et Henry débarquent à Brecklan par la mer et se cachent. Ils aperçoivent le prince Pattick faire un discours : il a réussi à prendre la ville et à capturer ses habitants. Grâce à un passage secret, les Dinochevaliers se retrouvent et élaborent un plan : attirer Pattick vers les baies et le piéger dans les tunnels.

Chapitre huit

Le prince Pattick concluait enfin son long et prétentieux discours.

Henry et les autres se rapprochèrent le plus près possible de lui. Le prince était bien protégé, mais les Dinochevaliers n'allaient pas attaquer : ils allaient ruser.

– Souhaitez la bienvenue à votre nouveau chef, ordonna Pattick.

Les villageois oscillèrent d'un pied sur l'autre, silencieux et maussades.

– Vous pouvez maintenant applaudir… si vous tenez à la vie.

Quelques habitants de Brecklan tapèrent dans leurs mains, lentement et avec ironie. Pattick grimaça. Ce n'était pas l'accueil en héros qu'il avait imaginé. Henry repéra Lord Harding et Lady Anwyn, debout sur une estrade en bois à côté du terrain de tournoi, le regard rivé au sol.

– Si certains veulent avoir une place de choix à mes côtés, ajouta Pattick, qu'ils fassent un pas en avant et me disent où se trouvent les baies de Brecklan.

La foule devint silencieuse. Personne ne bougeait. Les habitants de Brecklan ne comptaient pas trahir leur secret le plus précieux.

Mais Ellie et Ysée se frayèrent un chemin pour s'approcher de lui.

Ysée fit une révérence à Pattick.

– Mon prince, nous pouvons vous montrer où sont gardées les meilleures baies de Brecklan.

Elle se redressa et afficha un air des plus engageants.

– Si notre aimable prince veut bien nous suivre, ajouta Ellie.

De faibles sifflements et huées se firent entendre dans la foule, jusqu'à ce que le prince Pattick brandisse son épée et la pointe sur les villageois. Les protestations furent rapidement étouffées. Lady Anwyn regardait Ysée et Ellie. La déception était visible sur son visage. Personne n'était au courant de leur plan, et tous devaient penser que les deux Dinochevalières étaient des traîtresses à leur cause.

– Enfin quelqu'un qui comprend les nouvelles règles, déclara le prince Pattick.

Il rangea son épée et sauta de la scène. Ellie fit une légère révérence et Ysée lui tendit la main, mais Pattick les ignora toutes les deux.

– Emmenez-moi aux baies ! ordonna-t-il d'un ton sec.

Les gardes du prince les escortèrent vers la sortie. Celle-ci était très bien gardée : c'était le seul passage pour entrer ou sortir du terrain de tournoi. Quand elles passèrent devant lui, Billy le Gardien des baies chuchota :

– Traîtresses !

Henry espérait que Ysée et Ellie seraient assez fortes pour ignorer les insultes.

Quand Ellie arriva près d'Henry, il la regarda dans les yeux et lui fit le signal secret qu'elles devaient attendre une fois à l'entrée de la cave. Mais elle hocha légèrement la tête. *Quoi ? Le plan avait changé ?* Et si c'était le cas – quel était le nouveau plan ?

***

– Est-ce qu'elles t'ont parlé d'un nouveau plan ? demanda Henry à Torin.

– Non. Rien, répondit-il en secouant la tête.

Henry avait-il imaginé le geste d'Ellie ?

Pattick et ses gardes emmenèrent Ysée et Ellie à la sortie du terrain qu'ils avaient transformé en prison. Henry et les autres retournèrent rapidement à la trappe du passage secret. Ils sautèrent dans le tunnel et coururent aussi vite que possible. Ils approchèrent des abords de Brecklan, où les grottes s'enfonçaient loin dans les contreforts.

Ils arrivèrent juste au moment où Ellie et Ysée guidaient Pattick à l'intérieur d'une des grottes principales. Henry attendait impatiemment que les deux braves Dinochevalières réapparaissent, mais le temps lui semblait incroyablement long. Il commença à craindre le pire. Et si Pattick avait compris leur ruse et pris l'avantage ?

Henry perçut enfin le bruit faible de cris victorieux qui résonnaient dans la grotte. Il supposa que Pattick avait trouvé une réserve abondante de baies.

Faites que cela vaille la peine ! Pitié, faites que cela vaille la peine. Sacrifier une récolte, il fallait que ce soit pour le bien collectif, n'est-ce pas ?

Puis Henry entendit un grondement grave qui lui était familier. Il leva les yeux et vit Rex slalomer pour descendre de la montagne en suivant Alice. *Déjà ? Comment ont-ils fait pour arriver si vite ?* se demanda Henry. Il savait à quel point le trajet était traître. Cela ne donnait-il pas un avantage soudain et inattendu aux Dinochevaliers ? Des dinosaures prêts à se battre à leurs côtés ? À présent, les troupes de Pattick n'avaient aucune chance de s'échapper !

Alice guida Bounce, Rex et Kayla dans la dernière pente du contrefort. Ils arrivèrent au-dessus de l'entrée des grottes, leurs pattes s'enfonçant dans la mousse du toit. Au même moment, Ellie apparut devant l'entrée béante de la grotte obscure ; elle tenait quelque chose au-dessus de sa tête.

C'était une flasque de la dynamitosaure d'Ysée !

– C'est l'heure ! hurla Ellie, les joues rouges de rage. L'heure de mettre fin à cette invasion.

Non ! Ce n'était pas du tout ce qu'ils avaient prévu ! Ellie allait-elle faire exploser la grotte avec Pattick à l'intérieur ? Elle n'avait pas vu que, au-dessus de sa tête, ses fidèles dinosaures se tenaient sur le toit ! Ils seraient pris dans l'explosion et le prince Pattick serait enterré vivant. Les Dinochevaliers n'étaient pas des meurtriers ! Henry devait l'arrêter, et vite.

– Ellie ! lança-t-il. Ne fais pas ça ! Regarde au-dessus de toi !

Il montra les dinosaures du doigt, mais elle ne l'entendit pas, trop en colère. Elle avait sorti d'une poche cachée dans son armure un silex et le cognait violemment contre un rocher. Quelques étincelles s'envolèrent – elle risquait de faire une flamme à tout moment, et alors…

Torin, le chef des Dinochevaliers, galopa vers un côté de la grotte sur son nothronychus et tendit le bras à Alice.

– Saute maintenant ! cria-t-il. Fais-moi confiance.

Il jeta un coup d'œil à Henry.

–Je vais mettre Alice et les dinosaures en sûreté. Fais en sorte qu'Ellie ne mette pas le feu à la dynamitosaure !

Alice ferma fort les yeux et sauta dans le vide en moulinant des bras. Torin l'attrapa en plein air. Il la fit glisser derrière lui. Assise, elle encercla la taille du chef des Dinochevaliers de ses bras.

Torin fit signe aux dinosaures.

–Vous aussi !

Chacun leur tour, ils sautèrent du tapis de mousse sur le toit de la grotte, cherchant désespérément à suivre Alice.

POUF ! Le styracosaure atterrit en soulevant d'énormes nuages de poussière avec ses pattes, ce qui fit tousser Henry. Il se frotta les yeux pour enlever la poussière.

PAF !

Rex atterrit au milieu des buissons de baies de Brecklan, propulsant un jet de liquide violet en les écrasant.

– Ne fais pas ça, Ellie ! supplia Henry.

– Il a kidnappé les miens, répondit-elle en criant, le silex dans une main et la dynamitosaure dans l'autre. Il mérite d'être enterré pour toujours.

Ysée essaya aussi de négocier avec elle.

– Ellie, je sais que tu es en colère, et je le serais aussi à ta place, mais tu n'es pas obligée de faire ça. Nous l'avons piégé. Nous pouvons mettre fin à tout ça sans déclencher une guerre.

– Mais c'est lui qui en a provoqué une, répliqua Ellie.

– Pour prouver sa valeur à son père, dit Henry. Mais toi, tu n'as rien à prouver. Tu es la Dinochevalière la plus courageuse et la plus digne que je connaisse. Au fond, tu sais que ce n'est pas la bonne solution.

–Je t'en prie, cousine Ellie ! cria Caden. Il y a déjà eu trop de combats.

Ellie regarda à nouveau ses cousins, puis ses coéquipiers. Henry comprenait sa colère, et l'envie de se venger. Mais il espérait qu'elle résisterait à la tentation de combattre le mal par le mal.

Lentement, Ellie rendit la dynamitosaure à Ysée et jeta le silex. Henry croisa son regard et lui adressa un large sourire. Il était fier d'elle et il tenait vraiment à ce qu'elle le sache.

C'est alors que le prince Pattick sortit de la grotte avec une poignée de baies de Brecklan bien mûres.

– Les grottes en sont remplies ! Prenez-les toutes ! ordonna-t-il à ses gardes.

Mais ceux-ci ne bougèrent pas. Un par un, les gardes prétendument fidèles à Pattick, les élèves de sa propre École des chevaliers, posèrent leurs armes au sol et se rangèrent aux côtés des Dinochevaliers.

– Qu'est-ce que vous faites, bande d'imbéciles ? hurla le prince.

– Ils ont vu à quoi ressemblait un vrai chef, lança Henry.

– Et ça ne vous ressemble pas, ajouta Glenn.

Ils se tournèrent vers Ellie et baissèrent la tête en signe de respect. Elle avait eu le pouvoir de réduire leur prince en morceaux, mais elle avait résisté. Cette force de caractère avait gagné leur respect.

Les autres Dinochevaliers s'étaient rapprochés pour prendre le prince Pattick en étau. Alice marcha à grands pas vers Pattick, que Gaston tenait contre le mur en pierre. *Clac ! Clac !* Elle sortit une paire de menottes de son armure et les lui passa aux poignets. Maintenant, il était leur prisonnier. Et ils l'avaient pris vivant.

– Vous avez fomenté une invasion par pure avidité, dit-elle. Vous faites honte à votre père.

Torin secoua la tête.

– Prince Pattick, vous êtes désormais banni de Brecklan.

Alice emmena le prince Pattick vers la côte d'où il était venu, où les navires attendaient.

– Qu'est-ce que vous allez faire de lui ? demanda Henry.

Alice se retourna.

– Il devra répondre de ses crimes face à son père et à tous les habitants des montagnes, qui veulent simplement vivre en paix. Peut-être que tu pourrais venir nous rendre visite un jour.

– J'aimerais bien, répondit Henry en souriant.

DANS LE CHAPITRE PRÉCÉDENT

Le plan des Dinochevaliers a fonctionné mais Ellie, folle de rage, a voulu utiliser la dynamitosaure d'Ysée pour se venger ! Ses amis, craignant qu'elle fasse une erreur monumentale, parviennent à la dissuader de faire exploser les tunnels. Pattick est arrêté et devra répondre de ses actes. Brecklan est sauvé.

Chapitre neuf

Henry se réveilla dans son lit, la tête posée sur des oreillers rebondis et vérifia qu'il n'y avait pas d'humains-dinosaures dans la pièce.

Il était encore hanté par le rêve qu'il avait fait, celui où ses parents étaient moitié humains, moitié dinosaures. Mais il était bien réveillé, et bien seul. Seul dans la grande chambre qu'on lui avait attribuée après qu'il avait prouvé sa valeur pour la première fois auprès des Dinochevaliers. Il lui était étrange de penser qu'avant, il dormait dans les écuries.

On frappa à la porte et la tête d'Ellie apparut.

– Tu viens ? Lady Anwyn a préparé un petit déjeuner de roi, et ensuite nous irons donner un coup de main aux habitants des Hautes Terres.

Henry sauta de son lit. Il enfila son armure, descendit les escaliers de pierre en colimaçon, et arriva sur le terrain. Lady Anwyn avait emprunté la table des expériences d'Ysée et y avait disposé du pain, du fromage, du jambon et du porridge. Un vrai festin !

Henry, le ventre gargouillant, attrapa une pleine poignée de pain et la fourra dans sa bouche.

Gaston lui jeta un coup d'œil.

– Tu as bien dormi on dirait. Moi, j'étais levé à l'aube.

Il passa une main sur son armure rutilante :

– Prêt à tout affronter.

Torin leva les yeux au ciel. Pour une fois, Henry n'accorda aucune importance aux mots de Gaston. Il commençait à comprendre que c'était juste sa façon d'être.

– Tu aurais dû profiter de ton sommeil, Gaston, déclara Torin. Nous allons dans les montagnes aider les habitants des Hautes Terres à reconstruire leurs maisons.

– Du travail manuel ? réagit Gaston, choqué qu'on lui demande de faire quelque chose d'aussi indigne pour un chevalier.

Lord Harding vint vers eux.

– Vous qui êtes chevaliers, vous pouvez aider en de nombreuses façons, et pas seulement en protégeant nos propres intérêts, Gaston. J'ai appris cela grâce à Henry.

Henry aurait pu lancer un regard triomphant à Gaston. Au lieu de ça, il baissa les yeux vers le sol.

– Je l'ai fait pour votre honneur, Lord Harding.

Il en pensait chaque mot et fut content de voir que Rex hochait la tête en signe d'approbation. Les dinosaures étaient alignés au bord du champ, prêts à entrer en scène à tout moment.

– Allons-y.

Henry se hissa sur le dos de Rex et, avec Torin, ils guidèrent les autres sur le chemin de montagne, qui lui sembla moins dangereux à présent qu'il en connaissait les sinuosités.

Après avoir durement grimpé toute la matinée, ils parvinrent au village des habitants des Hautes Terres, largement au-dessus des nuages. La place principale était animée et les villageois déplaçaient des troncs d'arbres. On entendait résonner le bruit des haches qui s'abattaient sur le bois.

Oncle Angus s'approcha d'eux et tendit la main à Henry. Ce dernier glissa du dos de Rex et la serra.

– Bienvenue, habitants de Brecklan !

Le dinosaure d'Ellie était déjà en train d'aider à pousser des troncs d'arbres d'un bout à l'autre de la place du village, vers les maisons. Tout avait été complètement rasé, mais Henry vit que les fondations étaient encore solides, et qu'il faudrait peu de temps pour que les Dinochevaliers redonnent au village sa splendeur d'antan.

Alors que Ysée et Ellie guidaient leurs montures, Ellie fit une pause pour observer Brecklan. Henry devina à quoi elle pensait, et il se mit à côté d'elle.

–Je ne sais plus où est ma maison, admit-elle en scrutant les alentours. Peut-être que je devrais rester ici. Avec les miens.

Henry savait ce que c'était, de se sentir écartelé. Il était arrivé à Brecklan sans aucune famille pour le soutenir ; un orphelin enrôlé comme chevalier. Il adorait faire partie des Dinochevaliers, mais le besoin de savoir d'où il venait était puissant. Au moins, Ellie savait qui était sa famille – c'était les habitants des Hautes Terres.

–Tu es la seule à pouvoir décider, dit-il en posant une main sur son épaule, et ils regardèrent les drapeaux de Brecklan, loin à l'horizon, qui flottaient dans la brise. Choisis l'endroit où tu te sens chez toi.

Il y eut des bruits de pas légers derrière eux. Ils firent volte-face et virent Lord Harding s'approcher.

–Comment êtes-vous monté ici ? Pardon, monseigneur.

Henry fit une révérence, espérant que les mots qui lui avaient échappé ne seraient pas retenus contre lui.

Lord Harding se mit à rire.

–Je ne suis pas tout à fait inutile… pour l'instant.

Il montra un des dinosaures de l'écurie :

–Tribus m'a porté.

Tribus était le premier et le plus fidèle ami d'Henry. C'était le premier dinosaure qu'il avait dompté.

Lord Harding s'approcha d'Ellie. D'instinct, celle-ci mit un genou à terre et baissa la tête devant lui. Il posa sa main sur la tête d'Ellie.

–Tu sais, jeune Ellie, tu auras mon soutien quoi que tu décides. Mais j'ai la conviction que ta vraie famille et ta vraie place, tu les as trouvées au sein des Dinochevaliers.

Il fit une pause.

– Mais *toi*, qu'en penses-tu ?

Les travaux continuaient autour d'eux, avec les bruits sourds des marteaux et les cris joyeux des habitants des Hautes Terres qui voyaient leurs maisons se reconstruire. Ellie se tourna vers Lord Harding et se redressa tandis que les autres Dinochevaliers se regroupaient autour d'elle. Elle les regarda les uns après les autres – Henry, Gaston, Ysée, Torin – puis, derrière eux, les dinosaures qui travaillaient dur pour rebâtir le village.

– Je crois…, commença-t-elle.

Elle fit une pause, déglutit difficilement, puis leva les yeux, comme si elle avait pris une décision. Elle se retourna pour contempler encore une fois le village de Brecklan, et son dinosaure se rapprocha d'elle. Elle plongea la main dans la sacoche de sa selle et lui donna une poignée de baies de Brecklan – le fruit qui avait uni tout le royaume.

– Je crois que je vais rester avec vous. Après tout…

La Dinochevalière embrassa du regard les terres lointaines de Panterra, et au-delà. Tous ces royaumes qui désiraient ce que possédait Brecklan.

Henry sentit une vague de chaleur envahir sa poitrine – la bataille en valait la chandelle, n'est-ce pas ?

– Alors, rentre à la maison avec nous, dit gentiment Lady Anwyn en venant au côté de son mari.

Elle ouvrit les bras pour inclure tous les Dinochevaliers.

– Nous avons beaucoup à accomplir ensemble.

Ils se réunirent tous en ayant l'agréable certitude que Lord Harding et Lady Anwyn ne leur demanderaient jamais plus que ce que les Dinochevaliers pouvaient offrir. Les énormes dinosaures se resserrèrent derrière eux. Ils entendaient le ronronnement de Rex, au-dessus de leurs têtes, qui descendait en flottant vers Brecklan.

– Bravoure, déclara Lord Harding en tendant une main.

– Loyauté, ajouta Lady Anwyn en posant sa main sur la sienne.

Les autres Dinochevaliers jetèrent un coup d'œil à Henry, et il acquiesça : il savait

ce qu'il avait à faire. Un petit gémissement de Rex le lui confirma. Après tout, aucun d'entre eux ne serait sorti victorieux de cette aventure sans les…

– Dinosaures ! cria-t-il en ajoutant sa main sur les leurs.

Les autres Dinochevaliers posèrent leurs paumes sur sa main, et ils explosèrent tous de joie.

– Trois fois hourra pour les Dinochevaliers ! crièrent les habitants des Hautes Terres, qui s'étaient rapprochés pour assister au serment.

Des hourras résonnèrent autour d'eux et Henry se retourna pour faire face à une foule de visages heureux.

D'autres défis les attendaient, Henry le savait. Mais les Dinochevaliers étaient

plus unis que jamais. Ils avaient chassé le prince Pattick et sauvé tout ce qui leur était cher. Quand un nouveau défi arriverait, les Dinochevaliers seraient prêts…

À tout affronter.

Reconnaître les dinosaures de Panterra, un guide pratique

par Henry Fairchild,
garçon d'écurie et Dinochevalier.

Les espèces de dinosaures sont nombreuses à Brecklan, et encore plus à Panterra.

Certains noms sont aussi gros que l'animal lui-même, d'autres sont imprononçables ou impossibles à épeler. J'ai donc décidé de créer un guide pratique pour reconnaître les dinosaures que tu pourrais croiser à Panterra, et t'aider à prononcer leur nom. Si tu faisais partie des Dinochevaliers, lequel de ces dinosaures serait ton fidèle destrier ?

Bonne chance et bonne dinodécouverte !

Ankylosaure (an-ki-lo-zor)

L'ankylosaure est un petit animal costaud, couvert d'écailles épaisses en forme de piques. Il a une queue redoutable, qu'il utilise pour assommer les autres dinosaures. Le dinosaure d'Ysée est un ankylosaure qui s'appelle Conker.

Hypsilophodon (i-psi-lo-fo-don)

Ce dinosaure a des écailles et marche sur deux pattes. C'est un herbivore : il aime manger des baies de Brecklan.

Nothronychus (no-tro-ni-kusse)

C'est l'espèce de Haringey, le dinosaure de Torin. Il se tient sur deux pattes et a des plumes qu'on pourrait prendre, de loin, pour de la fourrure.

Ornithomimus (or-ni-to-mi-musse)

C’est un dinosaure rapide et agile, qui galope sur deux pattes et ressemble un peu à un oiseau géant. Le dinosaure de Gaston s’appelle Avin.

Parasaurolophus
(pa-ra-so-ro-lo-fusse)

Ce dinosaure se tient sur deux pattes et a une corne creuse sur le dessus de la tête qu'il utilise pour faire des sons. Lord Harding a choisi des parasaurolophus pour tirer sa calèche parce qu'ils peuvent émettre un son de cor de chasse grâce à leur corne, et annoncer son arrivée.

Ptérosaure (pté-ro-zor)

C'est une créature ailée, mais pas tout à fait un dinosaure. Lord Neville Avingdon les élève pour former une armée volante.

Styracosaure (sti-ra-co-zor)

Ce dinosaure a six piques sur la tête. C'est le dinosaure d'Ellie, qui s'appelle Kayla.

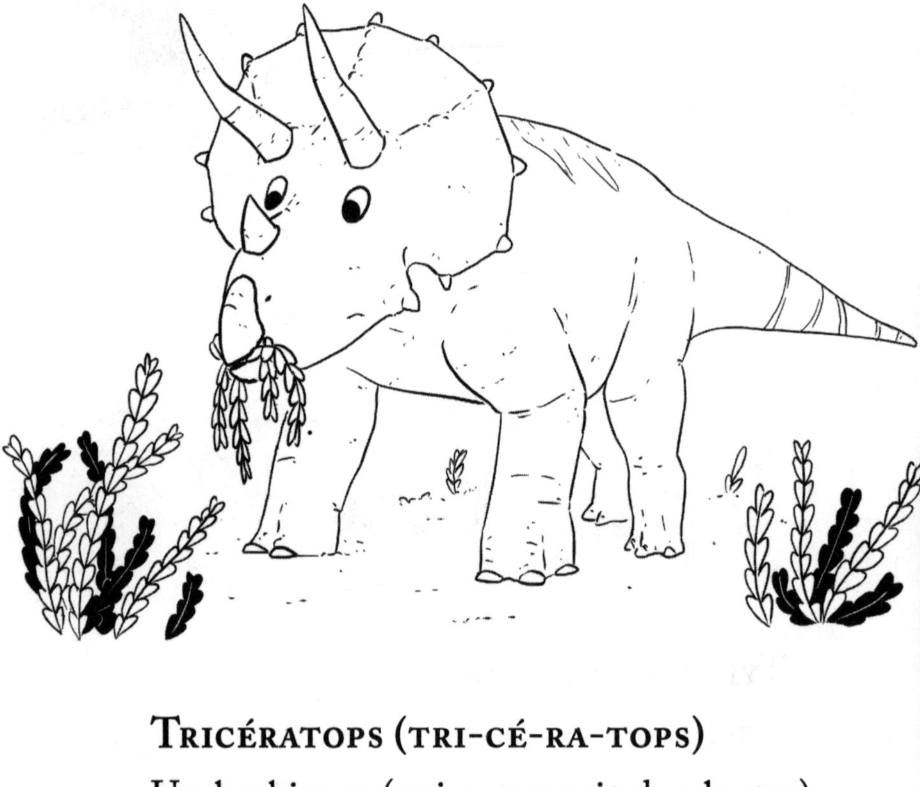

Tricératops (tri-cé-ra-tops)

Un herbivore (qui se nourrit de plantes) un peu pataud qui a trois cornes sur la tête. Le tricératops préféré d'Henry s'appelle Tribus.

Tyrannosaure rex
(ti-ra-no-zor rex)

Un grand carnassier (mangeur de viande) féroce. Les T-rex sont connus pour errer à l'état sauvage dans Panterra. Tout le monde pensait qu'ils étaient impossibles à dompter.

Utahraptor (iou-ta-rap-tor)

C'est une sorte de raptor. Les raptors sont très intelligents et ils chassent en meute. Ils ont été choisis comme dinosaures de la Garde royale de Volcanica.

Mots croisés :

1. Comment s'appelle le prince qui envahit les Hautes Terres ?
2. Quel rapace est représenté sur le masque ?
3. Où sont enfermés les habitants des Hautes Terres ?
4. Par quel moyen Ellie et Henry arrivent-ils à Brecklan ?
5. Quelle est la dernière invention d'Ysée ?
6. Quel est le nom de la ville de la lumière ?

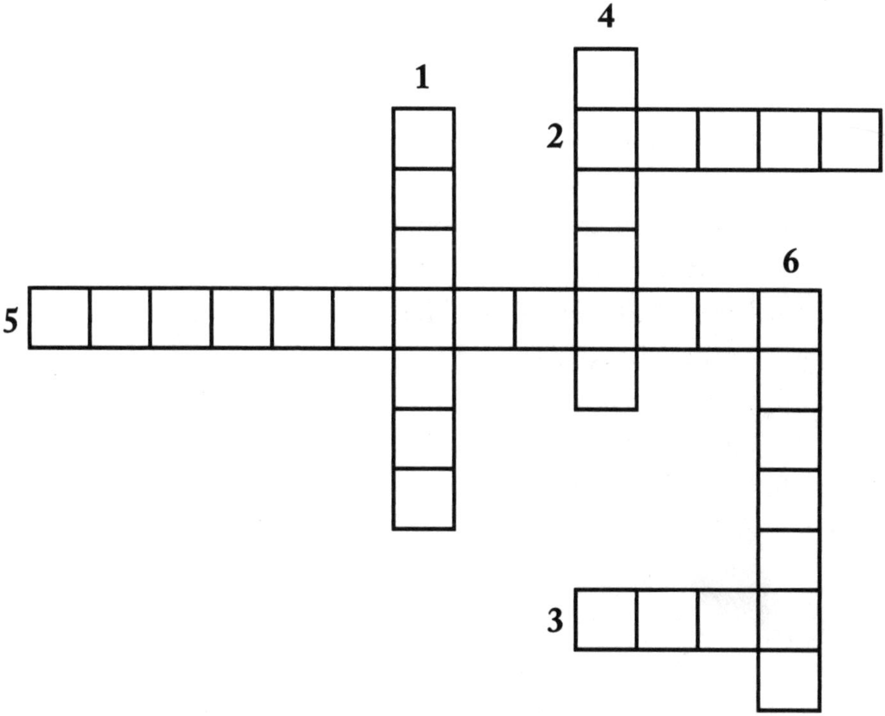

1. Pattick - 2. Aigle - 3. Tour - 4. Bateau
5. Dynamitosaure - 6. Electre.

As-tu lu les autres aventures des Dinochevaliers ?

Menace sur le château

Oubliez les chevaux, fidèles destriers des chevaliers ! Place aux dinosaures, une espèce pas si éteinte mise au service du royaume de Panterra. Chevauchez des T-Rex, des tricératops ou des ptérosaures aux côtés des Dinochevaliers, les protecteurs du royaume ! Henry, jeune écuyer, saura-t-il trouver sa place parmi eux ?

Conception graphique : Delphine Guéchot

Imprimé en Espagne par Black Print en 2021
Dépôt légal : mars 2021
Numéro d'édition : 24196 / 01
ISBN : 978-2-226-45580-2